美文馆

U0503161

乡愁——橄榄树的方向

马国兴 吕文善 主编

郑州大学出版社

郑州

图书在版编目(CIP)数据

乡愁·橄榄树的方向/马国兴,吕双喜主编.—郑州:
郑州大学出版社,2019.2
(小小说美文馆)
ISBN 978-7-5645-5984-7

Ⅰ.①乡… Ⅱ.①马…②吕… Ⅲ.①小小说-小说
集-中国-当代 Ⅳ.①I247.82

中国版本图书馆 CIP 数据核字(2019)第 006586 号

郑州大学出版社出版发行

郑州市大学路40号	邮政编码:450052
出版人:张功员	发行部电话:0371-66658405

全国新华书店经销
河南龙华印务有限公司印制
开本:710 mm×1 010 mm 1/16
印张:10
字数:146 千字

版次:2019 年 2 月第 1 版	印次:2019 年 2 月第 1 次印刷

书号:ISBN 978-7-5645-5984-7 定价:29.80 元
本书如有印装质量问题,请向本社调换

编委名单

总策划　任晓燕

主　编　马国兴　吕双喜

副主编　王彦艳　郜　毅

编　委　马　骁　牛桂玲　胡红影　李锦霞
　　　　　段　明　孙文然　丁爱红　郑　静
　　　　　付　强　连俊超　郭　恒

序

任晓燕

"小小说美文馆"丛书这项出版工程，推举小小说作家，推出小小说作品，推广小小说文体，为进一步推动全民阅读工作常态化、规范化，提升国民素质和社会文明程度，共同建设书香社会，做出了应有的贡献。

纵观我国现代文学史，每一种文体的兴盛都有其复杂的社会文化背景。其中，传媒载体是一个不容忽视的重要条件。如大型文学期刊之于中、短篇小说，报纸文化副刊之于散文、随笔。现代社会，传媒往往引导着阅读的时尚。

当代中国的小小说，也是如此。

仅仅在三十多年前，小小说对于读者来说，还是一个较为陌生的概念。在称谓上也五花八门，诸如微型小说、一分钟小说、超短篇小说、袖珍小说、千字小说、快餐小说、迷你小说等。当时，全国没有一家小小说专业报刊，小小说作品往往作为报刊的补白或点缀，难登大雅之堂。与之相对应，也没有专门从事小小说创作的作家，大都属于散兵游勇式的业余创作。而全国性的文学评奖，更是从来就没有小小说的一席之地。

在这种情况下，1982年10月，郑州小小说文化传媒有限公司的前身百花园杂志社，敢为天下先，在旗下的文学期刊《百花园》推出"小小说专号"，引起文学界的关注，受到读者的欢迎。此后，1985年1月，《小小说选刊》正式创刊；1990年1月，《百花园》改版为专发小小说的期刊。此外，百花园杂志社还多次举办小小说笔会、评奖等文学活动，先后创办小小说学会、函授学校等民间机构，不断推进小小说作家专集、作品选本等出版项目。

通过业界同仁多年不懈的努力，小小说已从点点泛绿到蔚然成林，以独立的姿态屹立于中国当代文坛，跻身"小说四大家族"，并进入鲁迅文学奖评选序列，在全国各地拥有逾千人的较为稳定的创作队伍，成为广大读者喜闻乐见的文体。

　　小小说是新兴的文体，又有着古老的渊源，在一定程度上，它与文学的起源密不可分：上古神话传说如《夸父逐日》《嫦娥奔月》《女娲补天》等，就具有小小说精炼、精美的叙事特征；春秋战国的诸子著述，不乏微型珍品；南朝刘义庆的《世说新语》，堪称我国最早出现的小小说集；宋代人编撰的《太平广记》，可谓自汉代至宋初野史小小说的集大成著作；清代蒲松龄的《聊斋志异》，创立古典小小说的高峰；现代鲁迅的《一件小事》等，开启白话小小说兴盛的序幕。

　　近几十年来，小小说之所以大行其道，是与现代生活节奏合拍分不开的。从这个角度来说，小小说是一种最具有读者意识的文体。同时，小小说受到世人的普遍关注，根本原因在于展示出了宝贵的文学艺术价值。当代中国的小小说，继承了从古代神话到诸子寓言、从史传文学到笔记小说的叙事艺术传统，并与各种艺术形式的美学精神相通相融。比如对意象之美和境界之美的追求，就代表着中国文艺美学的主要传统，它是至高的，也是永恒的，也正是小小说艺术的自我要求。

　　文学创作的成功与否，不能以篇幅长短而论，最终还是看思想艺术上的成就。诸多优秀小小说作品，言近旨远，微言大义，给读者留下了难以磨灭的印象，其艺术含量和思想容量丝毫不逊于中、短篇小说。所以，小小说最能够、也最便于在读者心灵上打下烙印，原因就在于它的精炼和集中，常常呈现给读者引人入胜或发人深思的典型事件，性格鲜明的典型人物。小小说还是"留白的艺术"，把最大的想象空间留给读者，去回味、创造和补充。小小说对语言的要求很高，诗歌创作中的炼字炼意，对于小小说同样适用。

　　当代中国的小小说已形成气候，成为一种广阔的文学景观。今日，小小说已步入创作成熟期，以特有的艺术魅力丰富着我们的精神生活，也必将在文学史上留下自己的位置。在此，作为一位"小小说人"，我期望小小说作家像苍穹中的繁星那样，闪烁出五彩缤纷的个性之光。

　　（任晓燕，郑州小小说文化传媒有限公司董事长，《百花园》《小小说选刊》总编辑。）

目 录

闺女是娘的小棉袄	赵　新	001
你就说是我送的	赵　新	004
马涛鱼馆	蔡　楠	007
望水	蔡　楠	010
独轮车	袁省梅	013
赊小鸡	袁省梅	017
故乡	刘国芳	020
李林栽芋	刘国芳	022
荞麦花开	刘国芳	026
老圣人	赵长春	030
老屋	刘立勤	033
麦垛	刘立勤	036
冰天雪地	赵　瑜	039
猪马牛羊	赵　瑜	042
深秋	李德霞	046

米贵卖羊　　　　　　　　　　李德霞　049

海啸　　　　　　　　　　　　于心亮　052

爷爷的梧桐树　　　　　　　　于心亮　055

寻找朱一阁　　　　　　　　　李忠元　059

抗旱　　　　　　　　　　　　许心龙　062

拿手活儿　　　　　　　　　　许心龙　067

记忆中的老味道　　　　　　　刘正权　072

回不去的老家　　　　　　　　刘正权　076

谷雨　　　　　　　　　　　　吴卫华　079

谷子　　　　　　　　　　　　吴卫华　084

私奔　　　　　　　　　　　　程宪涛　088

杨八姐　　　　　　　　　　　程宪涛　091

黄老三的心愿　　　　　　　　程宪涛　095

六叔　　　　　　　　　　　　于德北　098

有兔子的田野　　　　　　　　陈　毓　101

鸡啼声声里　　　　　　　　　王　往　104

橄榄树的方向　　　　　　　　付树霞　106

扶贫　　　　　　　　　　　　芦芙荭　109

老货郎　　　　　　　　　　　薛培政　113

乡情　　　　　　　　　　　　侯发山　116

画皮　　　　　　　　　　　　杨海林　119

喝晃汤　　　　　　　　　　　江　岸　122

慢人　　　　　　　　　　　　　　包兴桐　125

马哈的恋爱史　　　　　　　　　　李伶伶　127

小瓦的秋天　　　　　　　　　　　李士民　131

父亲是秋天的镰　　　　　　　　　胥得意　134

牧羊　　　　　　　　　　　　　　曹隆鑫　137

种心情　　　　　　　　　　　　　盐　夫　141

失落的风筝　　　　　　　　　　　王东梅　145

园区行动　　　　　　　　　　　　骆　驼　148

闺女是娘的小棉袄

赵 新

立秋那天,二嫂的老爹过六十岁生日。六十岁是大寿,二嫂非常想去娘家给爹祝贺一番,亲手送给老人一些生日礼物。二嫂知道"天大地大不如爹娘恩情大,河深海深不如爹娘恩情深"的道理,所以立秋之前就做好了给爹祝寿的准备,烟酒糖茶香香甜甜花花绿绿地买了一大堆。

可是立秋这天早晨二哥突然病了。二哥上吐下泻痛苦万分,一个生气勃勃的小伙子眨眼间就蔫儿了,成了一棵被霜打过的软软的茄包子。二嫂想,天当然大地当然大,河当然深海当然深,可自己现在是跟着二哥过日子,男人与爹比较起来,有些事就说不清楚了:丢了爹那一头,就丢了孝顺,丢了恩情,爹这一辈子只有一次六十岁的生日;丢了男人这一头,就丢了本分,丢了情理,自己不尽责任谁尽责任?

二嫂结婚才三个月,还是一位地地道道的新媳妇!

想了又想,二嫂决定留在家里伺候二哥。

二嫂坐在床头拨通了娘家的电话,那头接电话的正好是娘。

二嫂笑容满面地说:"是俺娘呀?娘,您好。今天爹过生日,祝福爹生日快乐,祝福爹福如东海、寿比南山!"

娘笑了:"闺女,你好。明知道你爹过生日,你怎么还不来呀?天热,路

远,早点儿动身吧!"

二嫂怅怅然叹了口气:"娘,对不起,我去不了啦,他病啦。"

娘的嗓门儿突然大了:"什么什么,你来不了啦? 那可不行,你们姐妹三个都得来,怎么能缺你呀? 谁病啦? 你说谁病啦?"

二嫂说:"他。娘,他病啦。"

娘火急火燎:"闺女,他、他、他,他他他,他是谁,他就没个名字吗?"

二嫂心里就有些埋怨有些不平:"娘,您这不是明知故问吗? 您连'他'也不知道? 您把闺女嫁给谁啦?"

娘呵呵地笑了:"啧啧啧,我还以为'他'是老天爷呢,闹半天是女婿秋喜呀。秋喜怕什么? 秋喜还不听你调遣呀? 二十多岁的人,头痛脑热的事,你给他烧好水,买好药,安顿停当,一拍屁股就来啦。"

二嫂说:"娘,我试了好几次,这屁股不好拍。"

娘说:"咋不好拍? 你使劲儿大点儿呀!"

二嫂说:"一拍就动着心啦,越使劲儿越心疼。"

电话打到这里时,医生来给二哥打针。二嫂把电话放下,扶着二哥在床上躺好,然后问医生二哥得的这是什么病,该怎么治疗,该注意什么,该防止什么……直到把医生送走,这才又拨电话。

二哥劝她:"别拨啦,你去给爹祝寿去吧。"

二嫂回答:"你这个样子,我能走?"

二哥说:"不就一天吗?"

二嫂说:"不在一天两天,在责任。"

电话通了,那头还是娘。娘说:"丫头,你怎么把电话放啦? 叫娘这个着急!"

二嫂说:"娘,对不起,老天爷要打针,我能不放电话吗?"

娘问:"谁是老天爷?"

二嫂笑了:"娘的记性真差劲儿,您刚才说过的话,怎么马上就忘了?"

娘停顿了一下，又接着说："闺女，你们姐妹几个你最小，你爹最喜欢最待见你，人前人后把你夸成一朵花，你不来他能舒心吗？你常说天大地大……"

二嫂说："娘，您说的我都清楚都明白，可是天大地大也还得有个框框呀。"

娘说："你还说河深海深……"

二嫂说："娘，河深海深，也还得有个尺寸呀。"

娘说："丫头！"

二嫂说："娘！"

娘说："丫头，你爹一年才有一个生日呀！"

二嫂说："娘，我一辈子才找一个男人，岁月更替，沧海桑田，更不容易。"

娘说："闺女，俺没见过你这样儿的，结婚才三个月，就不听娘的话啦。"

二嫂说："娘，不听话的不是我，是您。"

娘说："胡说，娘怎么不听话啦？"

二嫂说："娘，您想想呀，我结婚是您敲锣打鼓大张旗鼓把我送到秋喜家里来的，您结婚是您一个人偷偷跑到我爹家去的！"

娘哑了，电话断了。

一只蟋蟀唱起来，声音很清脆，很响亮，很亲切，很入耳。

二哥批评二嫂："你看你这个人，不会该说的再说，不该说的不说……你这样直来直去揭娘的老底儿，娘会不会生气？"

二嫂说："什么叫该说什么叫不该说？娘的老底儿是娘亲口说给我的。闺女是娘的小棉袄，她老人家不生气！"

电话响了。

是娘打过来的。

娘悄悄地说："闺女，我和你爹商量妥啦，明天我们就去看望秋喜！"

你就说是我送的

赵　新

沟里村有个老汉叫老秋。

老秋在村里不是下田种地，不是上山放牧，而是挥动一把扫帚一把铁锹，给村里打扫卫生。现在村里也和城市一样，要求环境优美，村容整洁，院落干净，街道亮堂，所以村委会很重视这方面的工作，就有了清洁工这样的角色。

为什么偏偏老秋当上了清洁工呢？说来话也不长：那天晚上，村主任把在家种地的乡亲们招呼到村委会开会，要大家推举一位清洁工。大家都想干，却都不言声，村主任就说出去解手。村主任突然跑回来大惊小怪地喊：哎呀不好，有个人掉进茅坑里了，黑天墨地，也看不清是谁……

他一言未了，老秋就冲出去救人，而别人却不动。

老秋晃着手电跑回来说："主任，茅房里根本没人，你看错了。"

村主任很是高兴和激动："大叔，我没有看错，咱村的清洁工就是您了。"

后来老秋才知道所谓的"有人掉进了茅坑里"，是村主任给他们出的一道考试题，他答对了：他一不怕脏二不怕累，是个值得信任的人。

老秋是挣工资的。老秋的工资是每个月三千元。

本乡本土，守家在地，吃得热乎，穿得温暖，还能一如既往地、舒舒服服地守着自己的老婆睡觉,哪一方面也耽误不了,老秋的工作让人羡慕不已!

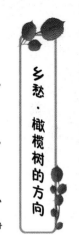

终于有一天早晨,有个女人站出来,对正在清扫街道的老秋说:"兄弟,你早,你好。"

老秋看了她一眼,见女人的脸笑得像朵花,也就回答:"大嫂,你早,你好。"

女人说:"兄弟,咱沟里村的人都夸奖你好呢,说你五十多岁的人,这么勤谨这么细致这么认真这么耐心,把活儿做得这么利落这么彻底这么干净这么地道!"

老秋说:"那还不是应该的嘛,我挣着村委会的钱呢。"

女人说:"兄弟,那就麻烦麻烦你,你去把我家的院子打扫打扫吧。"

老秋愣住了。村委会交给他的任务是,清扫沟里村的大街小巷,清除渠沟里的脏物垃圾,没有让他去打扫谁家的院子。而且全村两百多户人家,家家户户都有院子,给谁打扫,不给谁打扫? 都去打扫,忙得过来吗?

老秋说:"大嫂,对不起,我不能……"

女人说:"你别推辞,你挣着我的钱呢,就得听我指挥。"

老秋把手里的扫帚停下:"我怎么会挣着你的钱呢?"

女人说:"村委会是咱们全村子的村委会,是大家的村委会,你挣村委会的钱,当然也有我一份。"

老秋犹豫了,觉得这个女人的话多少有些道理:她是沟里村的一员,这一点儿没有怀疑。

老秋想,要不给她扫扫吧,也费不了多少时间,费不了多少力气。

老秋想,她没了男人,寡妇也怪可怜的。

老秋想,她也五十多岁的人了,好容易张开了嘴。

老秋来到女人家里,把女人家的院子扫得干干净净、亮亮堂堂。老秋说:"大嫂,你记住,咱们下不为例!"

可是第二天,这个女人又叫老秋给她打扫猪圈。

老秋摆了摆手："不是下不为例吗？咱昨天说好了的！"

女人说："是呀，是下不为例呀，我今天是让你打扫猪圈，不是让你清扫院子。别忘了，你挣着我的钱呢。"

老秋迟疑良久，又给她打扫了猪圈；还拉了好几车土，把猪圈给她垫好。

很快，老秋的女人知道了这些事情。

老秋的女人问老秋："奇怪，你为什么单给那个寡妇打扫院子、打扫猪圈？"

老秋回答："不奇怪，她说我挣着她的钱呢。"

女人说："她放屁！村主任说，你挣的钱是县政府直接拨给咱们村委会的，不是从各家各户收的。你问问她，她给你掏了几块几毛几分钱，让她拿出单据来！"

老秋说："好好好，我回头问问她。"

话是这样说，老秋却一直没有追问那个女人。老秋想，帮助她干的那点儿活儿其实不叫什么活儿，二五眼的事，值不得正儿八经地问人家。你一问，好像要算后账了！

老秋不找她，她却又找老秋了。她又让老秋给她淘厕所。

老秋说："大嫂，你说心里话，我挣着你的钱吗？"

老秋说："大嫂，面对我赵老秋，你好意思说假话吗？"

老秋说："大嫂，你的活儿我可以帮助你做，但是你知道我知道也就可以了，不需要第三个人知道！"

几声"大嫂"叫出来，女人眼里充满泪水。

农历腊月二十八，老秋在村里继续清扫街道；老伴儿去县城赶集，购置年货。中午回到家里时，桌子上放着两只烧鸡两瓶酒，香味儿、酒味儿都很浓。

老秋想，老伴儿还没有回来，这东西是谁送的？

老秋去问村主任，村主任说："大叔，送给你你就吃你就喝，你管它是谁送的？如果婶子非要刨根问底，你就说是我送的！"

马涛鱼馆

蔡 楠

渔船像口锅,翻扣在千里堤上。马涛也顾不得锅底的黑,就一屁股坐在了锅上,一边抹着汗一边对旁边气喘吁吁的马柱说:"淀干了,爸!"

"是干了。"马柱还在猫腰撅腚地擦拭船上的泥土,头也没抬。他想在船上涂一层油漆。爷儿俩刚刚把船从白洋淀里拖到了岸上晾晒。

"你涂漆也没用,淀干水净,没鱼了,船也没用了。"马涛眯缝起眼睛瞅着越来越强烈的阳光,这老天爷,也不下场大雨,莫非让人心也要干透了?

马柱没听儿子抒情,拿着油漆瓶子和毛刷过来说:"马涛你起来。"

"我起来干吗?"马涛依然瞅着阳光,他已经瞅出了一个花花绿绿的世界。

"你起来我刷漆!"

"你刷吧,我起来你刷吧!你好好刷!"马涛说。

"可我起来,我就走了。"马涛又说。

"你走我也得刷。我就不信这白洋淀不来水!"马柱拽了儿子一把。

马涛就势起来,从堤坡的小柳树上摘下他那件红色的衬衣,头也不回地走了。

马涛去了县城。离开了水的马涛徘徊在阳光下的城市里,感觉自己像

一条行走在岸上的鱼。城市也是干的,城市里没有港汊,没有芦苇,更长不出荷花来。马涛把那件红色的衬衣脱下来,用手举过头顶,开始在大街上奔跑。衬衣就在风中铺展成一朵硕大的荷花。

能制作荷花的马涛在一个烹饪培训班里学习。不久,他应聘到一个单位做厨师。一天一顿午饭,马涛的活计很清闲。干完活儿,还可以到传达室和警卫、保洁工聊天儿看报,侃侃世界杯什么的。马涛觉得自己也成了单位的人,甚至产生了转正、找个城里对象的想法。他把这想法和食堂服务员温小暖说了。温小暖就笑着说:"马涛你可真逗,你要是能转正,我都当局长了。"马涛听了这话,像泄了气的皮艇,一下子蔫在了水面上。

温小暖的打击刚刚过去,单位就换了个领导。新领导一上任就约法三章:全体职工中午一律回机关吃饭;有宴请也要在食堂安排;食堂要一天一个菜谱,保证饭菜的多样化。

吃饭的人多了,马涛就变得忙碌起来,再没有聊天儿看报侃足球的时间了。忙倒没关系,问题是众口难调。这些官老爷在外面吃顺了嘴,回到食堂不习惯,不是熬菜嫌咸了,就是做鱼嫌淡了,絮絮叨叨的指责让忙得一头汗水的马涛心里冷冷的。最不能忍受的是那天新领导的发火。那天本来领导吃得胃口挺好,还和大家有说有笑的。可吃着吃着就皱了眉,他从嘴里拽出了一根金黄色的头发。领导就把筷子啪一摔:"马涛你看这是什么?是不是白洋淀里的草?我要扣你的工资!"

被扣工资的马涛就辞职不干了。临走前,他拿过一把大剪刀,找到正在午休的温小暖,咔嚓咔嚓把她染的金黄色的长发剪了个精光。

马涛又行走在城市的阳光里。他又一次把那件红色的衬衣举过头顶,让它招展成一朵盛开的荷花。招展完了,这朵荷花就飘落在黄家鱼馆的屋顶上。

黄家鱼馆的老板收留了马涛,喜欢上了马涛,并把家传的全鱼宴制作秘方传给了马涛。一时间,马涛成为全鱼宴的名厨。在他的主厨下,黄家鱼馆成为县城一个热闹的去处。

在品尝全鱼宴的人流中,温小暖来了。马涛看见她的头发长出来又染成了金黄色,像一条黄花鱼。跟在黄花鱼后面的竟然是单位的新领导。那天,马涛亲自给他俩上的菜。马涛笑吟吟地对领导说:"领导,你不是不到外面吃饭吗?怎么还带了个俄罗斯小姐呢?"

领导就十指交叉地笑着:"马涛是你小子呀!这不是什么俄罗斯小姐,她现在是负责后勤的温主任,我带她是来向你学习的!"

马涛把一条红烧鲇鱼端到了他们面前。可他在鲇鱼肚子里填上了一团头发。

马柱终于在黄家鱼馆里找到了马涛。那时马涛正和黄老板的女儿黄春健高兴地数钱。马柱啪一下就给马涛一个脖拐儿:"你小子在这里玩开心了,我和你娘想你都想疯了!"

马涛被扇蒙了,被扇乐了。马涛对春健说:"这是咱爸,你快去倒水!"

"爸,你早不来晚不来,偏偏在这鱼馆红火的时候来。你来了,我就该回了!"马涛把钱放好,捂着半边脸说。

"小子,白洋淀来水了,我那渔船又可以下淀捕鱼了——"

马涛站起来,撇撇嘴:"就你那破船?早过时了。我要买一艘快艇,还要把咱家临堤的房子拆了,盖个饭店。告诉你,不叫黄家鱼馆,也不叫马柱鱼馆,就叫马涛鱼馆!你说行不行?"

"你是说你答应回家了?"马柱举起手来,又给了马涛一脖拐儿,不过这次没扇响。

马涛点点头,把马柱摁在了椅子上,望着鱼馆外面的车流人流和高楼大厦,慢慢地说:"爸,城市好,可城市是别人的城市,不是我的。我的家在白洋淀,在千里堤上。"

一个月后,风生水起的白洋淀边,荷香飘逸的千里堤上,马涛鱼馆正式开张迎客了。

望　水

蔡　楠

　　舅妈风风火火地跑进了水文站,气喘吁吁地对我说:"你大舅的老毛病又犯了,你快去看看吧!"我那时正写水情汇报,就不在意地说:"不就是在大桥上望水吗? 你让他望去,反正他也快望到头了!"舅妈从椅子上一下子把我拉起来,说:"这次不一样,他都爬到桥栏杆上了,你再不去劝他,他就跳下去了。"

　　我赶紧随舅妈出了水文站。在枣林庄大桥上,我看到了大舅笔直地立在桥中间的栏杆上,消瘦的身体立成了一株风中芦苇。春天的阳光已经膨胀出干旱的气息,像夏天一样炎热。大舅那一头从年轻就花白的短发,在阳光下放射着炫目的光芒。他一动不动地望着远方,把自己望成了一尊神。桥上桥下站满了看热闹的人。

　　我知道大舅的犟脾气。白洋淀水势浩大的年代,他辞了公职,从城里回到了老家。大舅说,他喜欢水乡的长堤烟柳,水月桃花;他喜欢淀里的苇绿荷红,鸟飞鱼跃;他还喜欢船上的渔歌互答,炊烟袅袅……大舅就傍水而居,一屋一船一妻,后又有一儿一女一孙。水乡成了大舅的栖息地。水成了大舅的魂儿。

　　可是后来白洋淀说干就干了。水干了,鱼净了,鸟飞走了,荷花开败了,芦苇干枯成了麦秸。大舅的船就翻扣在了干裂的淀底。许多人都刨了芦苇，种上了玉米、大豆和高粱。大舅却立在千里堤上，立在枣林庄大桥上，透过绿油油的庄稼地眺望远方。舅妈看着别人的收成眼馋得不行，整天不停地嘟囔："我看你别叫旺水，干脆叫望水得了！"大舅摸摸一头花白的短发，瞪瞪眼说："望水就望水。望水有什么不好？"

好是好，可水终究没有望来。大舅不是老天爷，也不是龙王爷。更不能让黄河之水流到白洋淀来。可大舅能在白洋淀挖出水来。他请来了城里的打井队，在自家承包的苇田里挖了一口池塘，用井水养起了鱼。大舅对舅妈说："有水的时候粮食比鱼贵，没水的时候鱼比粮食贵，八月里卖了这一池塘鱼，就够咱儿子上大学的学费了！"大舅和舅妈就整天守在鱼塘边，像守护着儿子一样。

一天早上醒来，大舅却看见鱼塘里的鱼都浮了上来，而且把白花花的肚皮翻给他和舅妈看。大舅很纳闷，心说这鱼也通人性，是不是想上岸和我说说话啊？等他用抄网捞上两条鱼一看，他惊叫一声，一下子就昏了过去。

那是一池白花花的死鱼。

还是舅妈心细，她沿着鱼塘转了一圈儿，发现在靠近一片玉米地的边缘，有一股污黄的水流进了鱼塘。顺流而上，舅妈穿过枯萎的玉米地，走了不远的一段路，就看见了堤坡上冒着黑烟的造纸厂。

大舅一纸诉状把造纸厂告上了法庭。就是在等待判决的日子里，大舅望水的瘾头越来越大了。后来严重到几天不吃不喝，也不说话，不回家，一年四季没日没夜地围着白洋淀转悠。转悠累了，就定定地望着远方。望了西边望东边，望了天上望地下。望得日沉红影无，望得风定绿无波。舅妈就长叹一声："这老头子已经不是人了，他早就丢了魂儿了！"

只有我知道大舅的魂儿丢在了哪里。

水利大学毕业以后，我分到了白洋淀枣林庄水文站。我开始一步一步走进大舅的世界。我发现大舅也不是天天那么面无表情地瞎转悠。只要一

提到水,甚至只要阴天下雨,大舅的魂儿就暂时回来。在大舅丢魂儿的那些年里,白洋淀也时不时有过水,有的是上游水库放的,有的是从外地买来的。但终究没能找回往昔水天一色的浩渺。我把这水文信息在报给上级的同时,也报给大舅一份。大舅听完我的汇报,像领导一样点点头,眼睛放射出仍然有魂儿的光芒。然后他就来到船前,刷油漆。大舅刷完船,又刷自己。大舅就成了一个漆人。

直到如今,水没有托起大舅翻扣在淀底的船,白洋淀边的这个漆人,也没能再度扯起白帆。他仍然痴迷在望水的境界里。

不过今天,我想我能唤回大舅的魂儿。我挤过看热闹的人群,来到大舅的近前。我把手里的一份红头文件举过头顶,大声喊道:"大舅,来水了,来水了,黄河水马上就要引来了! 水量入淀高程今年会达到七米呢!"大舅没有回头,却说了话:"我知道,那是我望来的天上之水。看,她已经来到我的船前了,我要去开船了!"

咚的一声,大舅从桥栏杆上跳了下来。桥上那株风中芦苇,又变成了活生生的男人。

我知道,大舅的魂儿又回来了。

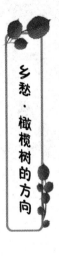

独轮车

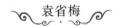

袁省梅

好像是，天色还朦朦胧胧的，雾气还在树梢、房顶上缠绕着，树上的鸟儿还未醒来，烟筒里的烟也没有升起，巷子里的叫卖声就响了起来："哦啊——卖豆腐咧……"

是寺庄的八斤来卖豆腐了。

寺庄的浆水豆腐，在我们这一带很有名气。

八斤总是最早来到巷子里，推着独轮车刚进巷口，就扯开嗓子喊："哦啊——卖豆腐咧。"

开始的一声"哦啊"，高亢，悠长，是有力的，好像在运气，在爬高，爬到最高处了，来一个短促的亮相；"卖豆腐咧"，好像快刀切豆腐，刀起刀落，戛然而止，干脆，利落，唱戏一般有韵味了。

八斤呢，小个子，光脑袋。冬天冷，光脑袋上绑个毛巾；夏天呢，头上的毛巾搭在脖子上，头上扣了个草帽子。一年四季，他都是一身黑衣服。夏天也是黑的背褡子和黑裤子。头上的毛巾人家都绑个白的，他却绑个黑的，说是这样才显得他的豆腐白。

他称着豆腐，嘴也不停地扯着闲话。八斤走街串巷，知道好多故事。见了人，不等人家问，他就絮絮叨叨地说开了——东村有个闺女跟人跑了，西

村又要修渠了……

人家要是问他个事，他也顾不上卖豆腐了，扯着人家，没完没了地讲，话稠得在嘴边绣疙瘩。

等他推着独轮车左扭一下右扭一下，在疙疙瘩瘩的巷道上嘣嘣嘣嘣地来了，婶子嫂子们也就端着一碗玉米或者两碗麦麸出来换豆腐了。

是秋上的一天，我和小四小哥儿几个在巷子里摔泥泡，听见喊声就跑过去凑热闹。小四趁人不注意，把手在衣服上蹭蹭，伸出手指在豆腐上戳一下，放嘴里嗍一口，再戳一下，再放嘴里嗍一口。我和小哥儿也把手在衣服上蹭蹭，伸了手指去戳去嗍。刚玩了泥巴的手没擦净，嘴里有一点涩涩的豆香味，还有一点土腥味。淡黄润白的豆腐上也印下了一个个指印，圆圆的，小小的，很醒目。

小四嗍着手指头，说是想推一下独轮车。趁八斤正跟换豆腐的三嫂说得热闹，他真的奓开两臂，抓住了车杆。他的手刚好够到两边的车杆，可是布带子太长了，脖子上套不住，哧溜滑到了屁股下，他也顾不上，一挣，独轮车摇摇晃晃地离开墙站了起来。

小四乐了。我和小哥儿也乐了。

独轮车被他推着歪歪扭扭地走了起来。巷道高低不平，独轮车一下扭到东，一下又扭到西。小四呢，也被扯得东一下西一下。

我跟在车旁，也想推。

小四不让。小四说："沉哩。"

我说："我试试。"

小四说："我放不下，我咋放？"

独轮车陷到一个土坑里了。我和小哥儿帮着一起推，也推不动。小四急得脸都涨红了，头上都冒汗了，独轮车还是纹丝不动。他死死地抓住车杆，不敢动一下。

直到有人来换豆腐，八斤才发现他的豆腐车不见了，吼嚷着火急火燎地

跑了过来,把车从小四手里夺下,哎哟哎哟地叫:"你要是把这车豆腐翻到土里,我还卖啥哩!"

小四妈妈也跑了过来,揪住小四就打。

小四妈妈打孩子狠,咬着牙,随手抓个东西就往孩子身上打,每次都是往死里打的样子。

八斤正准备推着独轮车走,也顾不上走了,他把车靠在墙上,从小四妈妈手里拽过小四,抱到怀里,说:"哪个娃不淘?淘了好,有出息,我看他人不大,力气倒不小,能推动我这一车的豆腐。"

八斤在小四头上摸了又摸,说:"给我做娃吧,天天让你推车耍。"

谁也没想到,第二天卖豆腐时八斤真的托人带着钱和粮票,还有八尺蓝哗叽,想要小四做儿子。

八斤有七个闺女,没有儿子。

八斤说:"娃过去,豆腐坊就是娃的,家业都是娃的。"

小四家呢,四个小子,还有两个闺女。他爸前年上山拉炭,掉沟里摔死了。他妈一天顶着一头蒿草样的乱发,带着六个儿女,吃了上顿愁下顿。

看着桌上的钱,小四妈抹着泪,点了头。

此后,八斤的独轮车有多半年没来我们村,来我们巷子卖豆腐的是尹村一个人,我妈和二婶子说,还是人家寺庄八斤的豆腐好吃。

记得是快过年时,八斤推着独轮车走进了巷子。独轮车上一块豆腐也没有。他径直进了小四家。一会儿,人们就听到了吵闹声。原来,小四昨黑夜跑回来了。八斤哄,他妈骂,小四咬着牙抱着门不动一下。他妈只好东挪西借地把八斤送的东西,一样不少地还给了八斤。

春上的一天,八斤推着独轮车又来卖豆腐时,车上坐着个小子娃,有人问他:"又抱了个?"

他呵呵笑。

小四躲在他家门后,远远地看着,不出来。

　　八斤走过去在他头上轻轻拍了下,说:"我就喜欢这小子。"

　　八斤从布袋里掏出一块饼子给小四,说:"给我做娃多好,天天让你吃白面饼。"

　　独轮车吱扭着走了,叫卖声也远了,小四还在那里站着。他看看饼子,喉咙咕咚响了一下,很响亮。突然,他的手一扬,饼子"嗖"地飞了出去。

赊小鸡

袁省梅

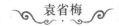

清明过后，东庄的老耿推着车子可巷子转了。

老耿卖小鸡。

老耿的车子后座上驮着三个筐子，后座上放一个，后座两边各挂一个。筐子浅、阔，像柳条编的筐箩，却不是柳条编的，我妈说是篾子编的。我妈说，没有比篾子筐装小鸡再好的了。篾子筐轻省、豁亮，小鸡在里面走呀卧呀，叽叽叽叽地说话呀，真的是，刚刚好。

老耿一来，就把车子推到小巷的十字口，扎好车子，抱下篾条筐，点上一支烟，转身抻着脖子可巷子喊去了。

老耿喊："逮鸡娃子了，哪个要鸡娃子？快来逮鸡娃子。"

我们村是个大村子，巷子多，逼仄，深长。等他喊一圈回来，我和小哥小四几个已经蹲在筐子边，揉着馒头花往筐子眼里塞，要喂小鸡呢。巷口白亮的阳光里，篾条筐里小鸡叽叽的叫声，尖尖嫩嫩的，细细碎碎的，从筐子细小的眼缝里溪水般一股一股地流淌了出来，叽叽叽叽，叽叽叽叽，碎碎叨叨绵延不绝，很好听。

老耿转回来，看见我们手里的馍馍花，拍着屁股高声大喊："我的老天爷哩，你们有白馍了给我吃，不能给小鸡吃啊。"

原来是，小鸡娃子不知道饥饱，喂多少，吃多少，嗉子都撑圆了，还吃，会撑死。

我们蹲在筐子边不走，也不给他馍馍，趁他不注意，给孔眼里塞馍花。

老耿就拉了一张黑脸吓唬人："哪个再喂，我就把哪个带走卖了。"

我嘿嘿笑，不怕他。小时候的我，瞎大胆，见生人不害怕。那时，似乎也没有生人。村里来个外人，三说两说的，不是三嫂子娘家婶子的表哥，就是二婶姐姐婆家嫂子的姑姑，听上去有点乱。我妈和二婶三嫂子像梳理织布机上的线头一样，三掐两算的，就把这些关系理了个清水见底。一理顺，就扯了来人去家里喝水吃饭。原来是亲戚。啥亲戚呢？她二姑小叔子媳妇的表哥。拐了好几个弯。我妈说，拐多少弯也是亲戚，拐弯亲戚。老耿是五奶娘家邻居的外甥，老耿一来，五奶就拉着老耿到她家去喝水。

连翘是我家拐弯亲戚。连翘一家是从河南来的。河南哪儿的？她说了地名，我妈没记住，但我妈记住了一点，她是我妗子娘家嫂子的老乡。老乡也算亲戚吗？到了外地，老乡可不就是亲戚？

我妈说："人家老乡跟你妗子是亲戚，跟咱就是亲戚。"

我妈抓着鞋底出来，叫我喊连翘逮小鸡。

老耿却不愿意赊给她小鸡，担心连翘没根的脚，走了，钱收不上。

村里传统，春上卖小鸡时不要钱，等入冬了，来收账。收账呢，不看当时捉了几只，只数活下来几只，而且是只数母鸡算钱，公鸡不算。

捉小鸡时，哪只是公鸡哪只是母鸡，都凭了老耿识。老耿捉一只小鸡，翻转了肚子，手一摸，就知道了公母。

入了冬，活下来五只母鸡收五只钱，有六只收六只钱。公鸡不收钱。

要是骗他母鸡少呢？

我妈眉一皱："哪能骗人？一个巷子的人都能看见，不怕人嗤笑？"

老耿说："嫂子，咱这小本生意啊，您晓得，就是捡个馍馍花。"

我妈听见老耿的话，大包大揽地叫他放心，说："咱家亲戚嘛，你怕啥？

有我哩。"

事情却偏偏从老耿的话上来了。还没入冬,连翘一家搬走了。走时,还给我家送了一碗面筋。搬到哪个村子了?送面筋时,她给我妈说过。

我妈抓捏着她的手,叫她空闲了回来转转,嘱咐她岭上住不下去了,就回来。

我妈说:"咱住一个村,热热闹闹的,到了岭上,一个亲戚也没有,冷冷清清的,孤家寡人的,你可咋过哩?"

等到老耿来收钱,我妈才想起来忘了叫连翘留下鸡钱。连翘一家去了哪个村子?我妈只记得是岭上,岭上哪个村子呢?我妈一点儿也想不起来了。

咋办呢?

我妈说:"我家亲戚我掏吧,大概算个数。"

老耿说:"可别是个哑巴账。"

我妈说:"哑巴账就哑巴账吧,谁让她是我家亲戚呢?"

年根时,连翘叫她老乡把钱捎来了,还给我妈捎来个白面花馍。我妈抱着钱和花馍给二婶三嫂子看,给五伯六爷看,我妈说,世上还是好人多。我妈欢喜的样子,好像是白捡了一笔钱。

故 乡

刘国芳

我喜欢到一些古村走走,在那儿,有一种穿越的感觉,包括在我老家,也是这样的感觉。

这天,我又回到了老家。

村里人很少,看见一个人,是老人,又看见一个人,也是老人,再看见一个人,还是老人。他们认得我,便说:"回来啦。"

我答:"回来看看。"

老人说:"村里没什么人,搬的搬了,走的走了。"

我说:"是,好多人都见不到了。"

老人说:"你见到的只有老人和孩子。"

真的是这样,老人说着时,一个孩子跑了过来。孩子看着我,还问:"爷爷,你找谁?"

我说:"我不找谁。"

孩子说:"不找谁到我们村里来做什么?"

我说:"我以前也住在这个村里。"

孩子说:"我没见过你。"

我说:"你当然没见过我。"

村里不仅人少,房子也少,很多房子都倒塌了,有一幢屋,我记得以前是一幢大屋,里面住了很多人,热热闹闹,但这幢屋,只剩下一堵墙,真的是断井颓垣。这堵墙长满了薜荔,而墙外面,是一口水塘,塘里,长满了浮萍。

我站在那儿。

有两个人忽然来到了我跟前,我好像见过他们,至少在古诗里见过,他们一个是柳宗元,一个是贺知章。柳宗元见我待在薜荔墙边,就说:

"惊风乱飐芙蓉水,密雨斜侵薜荔墙。"

我说:"已越千年,薜荔墙倒还在,但芙蓉不见。"

站在边上的贺知章呵呵笑着说:

"唯有门前镜湖水,春风不改旧时波。"

我说:"镜湖还在,春风依旧,却吹绿了一池浮萍。"

一个孩子走了过来,问着我说:"爷爷,你找谁?"

我说:"我不找谁。"

孩子说:"不找谁到我们村里来做什么?"

我说:"我以前也住在这个村里。"

孩子说:"我没见过你。"

我说:"你当然没见过我。"

贺知章听了,又笑着说:"不只是我回乡时孩子不认识我,原来你回乡时,孩子也不认识你呀。"

说着,贺知章拉着柳宗元走了,边走边说:

少小离家老大回,乡音无改鬓毛衰。

儿童相见不相识,笑问客从何处来。

声音渐细,他们走了。

孩子也走了。

我也走了,远了,回了一下头。

我看见:村庄,只剩下一墙薜荔,一池萍碎。

李林栽芋

刘国芳

春分一过,李林就下地了。今年李林不打算栽水稻,要栽芋头。

去年李林栽了十五亩水稻,这十五亩地,只有三亩是李林自己的,其他都是租别人的。两季下来,除去各项开支,李林只赚到万把块钱,不过是人家城里人一两个月的收入。李林觉得栽芋头会好些,一亩芋头能收三千多斤,三块钱一斤,就是一万块,栽三亩芋头,是三万块。这几天,李林都在想这个问题,今天想通了,李林荷了锄头下地了。路上,李秋生骑着摩托追上了李林,李秋生在城里码石,因为跟李林关系好,李秋生总想让李林跟他一起去码石。

现在,他又跟李林说:"你还是别栽禾了,栽禾赚不到钱。"

李林说:"今年不栽禾。"

李秋生说:"那跟我去码石。"

李林说:"不了,我栽芋头。"

李秋生笑笑说:"那也赚不到钱。"

李林说:"会好一些。"

李秋生说:"就你犟,你看,咱村像你这样年纪的人,哪有在家种田的?"

李秋生这话没说错,村里只有老人种田,像李秋生这样三十几岁的人,没一个在村里种田,都出去打工了,包括李林的老婆,也出去了。他们远的在广州深圳打工,近的在抚州做事。李林没出去,他喜欢种田,喜欢看着禾苗一天天长大,看着它们开花结果。收割的时候,李林心里会有一种成就感,尽管谷不值钱,一斤才一块一毛钱,但李林心里还是有一种沉甸甸的丰收感。也因为这种感觉,村里见不到一个年轻人了,而李林还在村里。

此后的好多天,李林都在地里。栽芋头比栽禾费工更多,芋头吃水,地里必须挖沟。李林累了好多天,累得腰酸背痛,才把三亩地挖得差不多了。又好多天,李林在地里栽芋头,李林先在地里挖出一个个小坑,然后把那些发了芽的芋头埋进去。三亩地栽芋头,是很大的一片,李林真的花了很多天,才把芋头栽完了。接下来施肥浇水,这更费工,不是一天两天就能解决的问题,而是天天都要去做。李林担着桶,一担担把水从小溪里往地里担。小溪离李林的地有一百多米,李林要费多少工可想而知。李林也想过买一台小水泵,抽水灌地,但李林手头紧,这么多年栽禾,没赚到多少钱。李林计划今年栽芋头赚到钱,明年买一台小水泵,到时就没这么累了。

农历六月的时候,李林栽的芋头就绿油油一片了,其实一大片地,只有李林这块地栽着庄稼,其他的地,都荒了。这样,李林地里这一片绿就更加显眼。李林有一次从外面回来,远远看见那块地,李林觉得那一块绿像一片海,或者,像蓝天在大地的倒影。这个比喻后来一直盘踞在李林心里,他每次从外面回来,看见那片蓝天下的倒影,就很开心很踏实。到了农历七月,芋头叶都有李林腰那么高了,有的甚至高过了李林的脸,风一吹,芋叶摇曳,像在跟李林打招呼。李林笑了,看着它们长大,心里真高兴。

谚语:"七月半,打开芋头来看,八月半,吃一半留一半。"这就是说,农历七月半一过,就可以挖芋头了。

这时候李林每天下午都会从地里挖一两百斤芋头出来,第二天一早拿到城里去卖。有好几个月,也就是到冬至前,李林都做着挖芋头卖芋头的事。这事很费时间,往往一个上午,只能卖出七八十斤或者一百来斤,每斤

三元,李林这一天进账也就两三百元。有一天,李林想多卖些,拉了两百多斤芋头进城,结果卖到中午,还有一半多。

那些芋头,李林不想带回去,于是他就喊起来:"卖芋头,便宜卖。上午卖三块,现在卖两块。"

有人听见了就说:"卖这么便宜,是不是你芋头不好,煮不烂?"

说完,这人走了。

李林这天拉了一小半芋头回家,路上碰到李秋生,李秋生问他:"怎么没卖完?"

李林说:"一天至多卖掉一百斤,多就卖不动了。"

李秋生说:"你看你怎么划得来,栽芋头要半年,拉了芋头去卖,还得把东西卖出去,一天才赚两三百块钱,我在城里码石,一天最少赚四五百块钱,我可是空着两手出去。"

李林没作声,但心里也觉得自己这样干不划算。

冬至一过,芋头必须全部从地里挖出来,那些天李林没去城里卖芋头,只在地里挖芋头,足足挖了三天。

这天,李林又要出去,但还没出门,李秋生来了,说:"我工地赶工,你这几天来帮一下我吧,我一天给你四百块钱。"

李林不想去,但他跟李秋生关系很好,人家既然求上门来,李林拉不下面子,便跟着李秋生去了。

此后的十天,李林一直跟着李秋生在工地码石,虽然有些累,但每天李秋生给他钱时,李林觉得这累值得,四百块钱一天,十天就是四千块,还是打工划得来。

李秋生这天跟李林说:"一直在这儿干吧,种田真的划不来,要不,村里的年轻人怎么都出去打工呢。"

李林说:"我那些芋头怎么办?"

李秋生说:"有空就卖些,没空也无所谓,反正这里能赚到钱。"李林点了

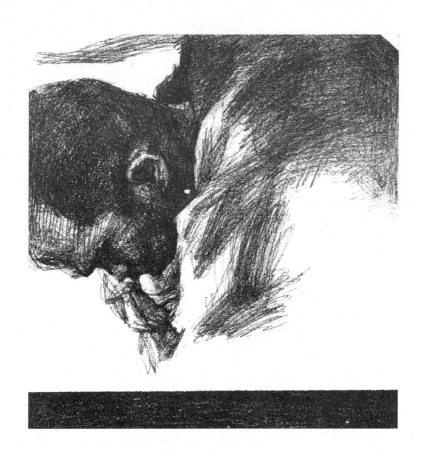

点头。

　　后来很长一段时间，李林都跟李秋生在一起码石，当然，李林也会抽时间去卖芋头，但越卖越不是滋味，一天下来，也就赚两百多块钱。那些芋头李林送出去了一些，烂了一些。之后，李林每天在外打工，再没心思种田了。

　　那片地，再不绿了。也就是说，李林每次回家时，再也见不到那片蓝天在大地的倒影了，李林心里空空的，很失落。

荞麦花开

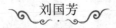

刘国芳

读完小学,向东要到展坪乡去读初中。

从向东的田西坑到展坪有三十里,但这是大路,用向东乡下人的话说,那是官马大道。走小路,只有十里。

这天,向东跟随父亲去展坪,他们从田西坑出发,过王家庄,再过东方村和源头,然后翻越源头岭。翻过源头岭,便是幕源李家。

在这儿,也就是才翻过山,向东看到一片白色的花儿,有四五亩地,远远看去,白茫茫一片。

向东在乡下长大,见过最多的是禾田,那禾田开始碧绿一片,禾熟了就一片金黄。向东还见过各种作物,比如在春天的时候,乡间到处都栽着丝瓜。开花的时候,黄灿灿一片。

从王家庄到东方村的路边,有人栽了一大片扁豆,开紫色的花儿。紫色的花儿不多见,一大片开着,煞是好看。幕源李家边上这片白花,让向东觉得很别致,那花很细,单看并不起眼,但一片白连在一起,便蔚为大观。

向东不认识这是什么花,不懂可以问,他父亲就在边上。

向东问父亲:"这是什么呀?"

父亲回答:"荞麦。"

荞麦这种作物向东还是知道的，但向东还是问："我们这里的人都栽水稻，这人怎么种荞麦呢？"

父亲答："谁知道呢。"

父亲的话，后来轮到向东说了。向东每个周末都要从展坪回田西坑，这时候向东身边有同学问："这是什么呀？"

向东回答："荞麦。"

同学又问："我们这里的人都栽水稻，这人怎么种荞麦呢？"

向东答："谁知道呢。"

初中三年，高中三年，向东一共在展坪读了六年书。这六年里除了寒暑假，向东每个星期天都要从田西坑去展坪。一条熟悉的乡间小路，过王家庄，再过东方村和源头，然后越过源头岭。翻过山，向东就看得到那块荞麦地了。当然，春天的时候，那地里种的不是荞麦，而是和其他地一样，也栽水稻。那是一片青翠的绿，然后慢慢变黄，当稻谷垂下头时，那块地便一片金黄了。收割后，那块地便种上了荞麦。开始，一块地里是细细的苗，极不起眼。随着它们苗壮成长，那一块地也是一片翠绿。而后，在秋天的时候，好像是忽然间，荞麦开花了。花虽然细，但所有的荞麦争相把花开了，于是一片地里便一片雪白。这片花让向东流连，他过了幕源李家，还回头张望。远远看去，那一片白仿佛蓝天上的白云，在向东心里悠悠地飘过。花开过后，又是另一种景致，一块地，忽然间又绿了，那是荞麦长了出来。然后，荞麦渐渐成熟，由绿变成浅褐色，再后来，深褐色。这是深秋，可以割荞麦了。

六年后，向东高中毕业考上了大学。自此，向东再不需要从他家田西坑经王家庄，再经东方村和源头去展坪了。也就是说，向东再不需要走那条乡间小路了。向东在城里读大学，一读三年，然后在城里工作。一晃若干年过去了，在这若干年里，向东经常会想到那片荞麦地。也就是说，那片白云一样的荞麦花，还会在他心里飘过。

有一次，向东专程翻过源头岭去了幕源李家，他依然看到了白白的荞麦

花。白白的花儿在风中摇曳，好像在跟走近的向东打着招呼："来啦！"

向东说："来啦。"

又有一年，向东又去了，也是秋天，也是荞麦花开的时候。

这次，向东看到荞麦地里有人，一个约莫六十岁的老人。

向东走近老人，跟他说："差不多三十年前，我就看见你这地里种着荞麦。"

老人回答："不错。"

向东又问："怎么一直种荞麦呢？"

老人回答："喜欢。"

向东说："也好，不一样的色彩，不一样的风光，给乡村增添了另一种色彩。"

老人说："你说起话来像个作家。"

事实上向东就是个作家。

向东后来拿出手机对着那块地拍了又拍。

向东后来在朋友圈发了一条微信，一片荞麦地，开一片白白的花，很美。

那句话，向东也写在微信上了：

三十年前，幕源李家这块地就种着荞麦。

三十年后，依然，我在这里看见了荞麦花开。

不一样的色彩，不一样的风光，我们的乡村，真美。

向东的这条微信让很多人点赞。

也有人问："幕源李家在哪儿？我想去看荞麦花。"

向东回复："我带你去。"

说是这样说，但并没成行。各自忙，把这事耽搁了。

两年后，向东终于和朋友去了幕源李家。那是秋天，应该是荞麦花开的季节，但到了幕源李家见到那块地时，向东惊呆了，他没有看见白白的荞麦花——那块地，荒了。

待了一会儿,向东和朋友走进了幕源李家。向东想找人问问,种了三十年的荞麦地,怎么就不种荞麦了呢?但在村里,向东和朋友没看见人,家家关门闭户。不仅如此,村里到处长着草,一些草甚至把路都封了,一行人只好走出村。

在村口,他们碰见了一个人,一个跛着一只脚的残疾人。

向东见了那人,问道:"那个种荞麦的人在吗?他怎么不种荞麦了?"

那人答:"人家搬抚州住去了,还种什么荞麦!"

向东说:"搬抚州去了,好好的搬到抚州去做什么?"

那人答:"村里人都搬了,有的搬到展坪,有的搬到上顿渡,搬到抚州的也很多,村里只留下我这个残疾人,没处搬。"

向东一行人再没问,但眼里一片迷离。

老圣人

赵长春

袁店河有个说法：人读书多了，读得出不来了，就叫"圣人"。这个说法有点讽刺和嘲弄。

老圣人也被称作"圣人"。当年，他被唤作"圣人"，原因不得而知。现在老了，就加了个定语，"老圣人"。

老圣人做的事情有些不同于他人。就拿春分这一天来说，他要把村里的小孩子们召集起来，在村中老槐树下的大碾盘上，立蛋。

立蛋，就是春分这一天，将鸡蛋立起来。老圣人先示范，轻手撮一鸡蛋，竖在平展的碾盘上，屏息，慢慢松开，鸡蛋就立起来了！然后，他给孩子们分鸡蛋，一人两枚，围绕碾盘，看谁先立起来，发奖。

这个时候，是村子里春节过后的又一次"小热闹"。不过，大人们不多，年轻人更少。这时候，老圣人看着孩子们，一脸的笑。

人们说："这有啥意思？自己买鸡蛋，再买些铅笔、写字本、文具盒……"

老圣人说："这很有意思。就拿春分立蛋来说，是老祖宗们四千多年前就玩的游戏，一辈辈、一代代，传到现在了，会玩的人少了，人家外国反而玩疯了……"

老圣人说："一年之计在于春。让孩子们立鸡蛋，心静一下，比玩游戏好。"

　　说话间，已经有好几个孩子将鸡蛋立起来了。孩子们很开心地围着老圣人，听他讲春分，讲节气，讲碾盘的故事。

　　碾盘也有故事。碾盘很老了，村里人用了好多年，如同村口的老井。现在，条件好了，人们不用碾盘了，包括石碌，还有老井。老井早就被填埋了。一些石磨、石碌，还有马槽，莫名其妙地消失了。后来，人们才知道，被人偷跑了，卖到城里了……老圣人就操心老槐树下的大碾盘。有个夜晚，老圣人突然喊了起来，就在老槐树下。原来，那些人又来偷了！

　　老圣人说，每个人都有故事，每个村子都有历史，每一家都是传奇。这老碾盘，每家的祖辈都吃过它碾出的面、小米、苞谷……他说的故事，有个后来上了大学的孩子写了出来，写进了他的书里。老圣人保护老碾盘，差点拼了老命。

　　春节，村上的人多了起来，都从外面回来过年，掂了年货去看老圣人。

　　他说："别看我，看看咱们的老槐树、老碾盘。"

　　老槐树、老碾盘，就成了村子一景。

　　还有，与别的村子相比，村上喝酒、赌博的人少，打骂老人的事基本没有。这也与老圣人有关。他喜欢管闲事，不怕人家烦。

　　他说："人都光想着赚钱了，不行，还得讲老理，就是仁、义、礼、智、信。这些老理，是几千年的好传统，不能丢。丢了，就丢了脸面。"

　　想一想，对。就是当年孔圣人周游列国时说的，提倡的。

　　老圣人有一方墨，古墨，好多年了，油亮，沁香。他有个治疗小孩子感冒、头痛的验方，就是点燃油松枝，烘烤古墨，然后按摩孩子的额头。古墨微软，香香的透出凉意，有股幽幽的药味。几声喷嚏，打个冷战，小孩子就好了，就开了胃口，生龙活虎了。他还治痄腮：研墨，毛笔蘸汁涂抹腮边，一圈一圈。如此两三天，就好了！

　　老圣人说："古人凭心，诚信为本。墨也讲究，内有冰片、麝香、牛黄等，

为的是读书人安心、静心。学须静也，静须学也。可惜，好多人做不到了。"

老圣人九十多岁了，身体很好。他习惯饭前喝水，小半碗白开水。有记者采访，问这是不是他的长生之道。他说："哪里呀，儿时家贫，每当吃饭，父母先让孩子们喝水，喝完检查，如果碗里控出来水，就少给饭……"说着，老眼泛出泪花，又笑道："现在多好，吃啥喝啥，都有！"

老圣人大名王恒骧，袁店河畔人。

叫他"老圣人"，我觉得有些委屈了他，在袁店河的语境里。

不过，"圣人"的真正意思是很有讲究的。在袁店河，也只有他能配上这个称呼。

现在，读书的人少了，越来越少，谁还能再被称为"圣人"呢？

老 屋

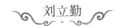

刘立勤

王叔想给老屋找个下家。

可村里谁也不想和他打交道。

王叔吝啬，是个尿尿都要用笊篱过的精细人。村里的人和他打了几十年交道了，只见他占人便宜，从没有见他吃过谁家的亏。这样的人，有几个人愿意和他打交道呢？

可是，王叔的老屋修得太好了，谁见了心里都痒痒。

王叔的院子是村里风水最好的地方。前有来水，后有靠山，左右还有扶手，那真是一个发人发财的风水宝地。王叔的房子也修得好，青砖灰瓦白灰墙，飞檐雕梁挑脊兽头，鼓皮门镂花窗，典型的徽派格调，让人喜欢。老屋前后还有王叔亲自挑选栽种的竹子、桂花和一些珍品花卉，真的是美不胜收。院子外面的土地也是王叔的，可以种麦子，种玉米，种瓜果蔬菜，可以尽享田园风光。

老屋再好，村里人也只是心里痒痒一阵子罢了。有的是不愿意和王叔打交道，更多的是拿不出钱来。那要多少钱？村里人心里都有一本账。单是他家院子里的那棵桂花树，前几年有人出过五万，不说其他了。村里没有几个人能拿得出那么多的钱。

听说村主任去讨过口气，王叔说要五十万。村主任说，五十万能在市里买一套单元楼呢！王叔说，那你到城里去买单元楼吧。王叔的话很呛，村主任也奈何不得，谁让王叔的儿子能干呢！

王叔不想卖老屋的，他是没办法了。儿子出息了，在省城干上了大事，一定要他们到省城里住。他不喜欢城里的闹嚷，不打算到城里去的，可老伴儿没出息，一坐上城里的抽水马桶就赖着不愿意起来。他总不能一个人住在乡下吧，那样的话人们会说儿女的闲话，众人的唾沫星子也会把儿子女儿淹死。一辈子的辛苦都是为了儿女，临老了不能给儿女留骂名。

儿子说："你把老屋子卖了吧，能卖几个钱就卖几个钱吧，反正我不要。"

王叔看不惯儿子的张狂劲儿，懒得和他说钱的事。他想把老屋卖了，把钱给儿子，给儿子一个惊喜。

王叔的老屋难卖。村里人都穷，大多拿不出那些钱。拿得出钱的人家，有人又不愿意和王叔打交道，还有些人家王叔不愿意和他们打交道。比如说胡屠夫，那是真有钱呢，缠住要买王叔的房子，王叔却愣是不卖给他。王叔嫌胡屠夫埋汰，如果让胡屠夫住进自己的老屋，他担心那些娇嫩的花儿不愿意。要是胡屠夫的埋汰气熏死了那些花儿，还不如不卖老屋。

房子要用人气养，没了人气房子就显得有些破败。王叔虽然每月都要回家给他的老屋洗洗脸——打扫卫生、修剪花木，可洗过脸的老屋看上去还是落寞荒凉。王叔有些急了，他担心没人买的话，老屋会荒败了。村里那几户想买老屋的人好像也看出了王叔的心思，等着王叔老屋荒败了，自己好拾个便宜。

王叔也看出了村里人的心事，干脆把老屋租给老杨住了，慢慢地熬一个好价钱。说是租，其实是白给老杨住。他没要老杨的租钱，只要求老杨看好他的院子，照顾好那些花草树木，种好周边的那些地，让来来往往的人都看见自己的房院里一派兴旺。

老杨运气不好，做啥啥不成，房子都卖给别人抵账了，连个落脚的地方

都没有。可老杨勤快，老杨把王叔的花花草草照看得兴旺茂盛，老杨把王叔的土地种得一片葱茏。老杨也厚道，临到新鲜蔬菜或者麦子、苞谷成熟了，还会想方设法送到城里让王叔尝个鲜。偶尔王叔回来，老杨还把王叔当父亲待，王叔心里是一片温暖。

有人到底扛不住，待王叔回来小住时，去找王叔要买他的老屋。看看来人，问了问那人买房的打算，王叔摇了摇头。来人以为他嫌价钱低了，咬咬牙又涨了十万。王叔起先眼睛一亮，最后还是摇头，说："不是钱的事。"

真不是钱的事。后来还来了几个城里的有钱人，出了大价钱要买他的老屋，王叔咋都不卖。村里人就有了怪话，说他真是难打交道的人，到老了都不好说话。也有人骂他心太黑了，那几间破房子，还想换座金銮殿不成？骂归骂，老屋毕竟是人家的，他们想看看王叔那老屋究竟要卖多少钱。

谁想到，王叔把房子卖给老杨了，而且只卖了十万块，还是分期付款。要知道光那棵桂花树现在都值十万块了。人们问老杨咋这么便宜时，老杨说王叔是有条件的——老屋不能拆，花草不能砍，地里要种庄稼，老屋里要给王叔留一间房子。

老杨说："王叔想给自己留个念想。"

老杨又说："王叔还让我在老屋的后面给他留一块墓地，他老了以后还要住在那里。"

麦垛

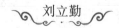

刘立勤

　　儿子得意地告诉胡伯："我给您把麦垛也弄好了。您去看看吧，您要是满意了就搬到那里去住吧。"

　　老伴儿死了后，胡伯的儿子想尽了办法让胡伯搬进城里去。胡伯总是不答应，还提出了千奇百怪的条件为难儿子。儿子真是一个孝顺的儿子，再刁钻的条件也总能满足他。胡伯从这些事情上看出了儿子的孝心，也感觉到城里的好，可是胡伯真的不想到城里去。

　　实在是没办法了，胡伯又狠下心说："我住的地方要有一个麦垛。"

　　胡伯还说："没有麦垛我是不搬家的。"

　　他知道自己的条件太苛刻了。

　　如今的人只和麦子亲，好像和麦秸有仇，哪有耐心堆一个麦垛？平川的农民是急性子，用的是收割机，机器呼啦啦一圈，麦粒装进麻袋，麦秸随即粉碎丢回了田里。那山沟沟或者坡峁峁的人家也好不到哪里去，麦子割回来也是立马脱粒装柜，麦秸秆顺便就塞进猪圈牛圈，有的干脆一根火柴把麦秸烧了。如今呢，哪里还能找到麦垛的影子？十里八乡的庄户人家，只有他家的禾场边孤零零堆着一个麦垛。他之所以为难儿子，是因为他真是舍不得离开村子，舍不得禾场边的麦垛。

　　麦垛不仅仅是一堆麦秸,麦垛也是丰收的记忆。早先的麦子收回来,就装进集体的库房再也看不见,能看到的就是房前屋后禾场路边的麦垛,那些麦垛记录着他们一年的辛苦。麦垛有大有小有高有低,有的像山头有的像土堆,一个个散发着浓浓的麦香。哪像现在,丰收后的村子里啥都没有留下,就连白乎乎的蒸馍也没有麦子的香味儿,真是奇了怪了。

　　他记得大集体的麦垛好大呀,像一座山,麦垛上的月亮像是一个硕大的锅盔把他们都勾引来。小孩子上上下下地疯,闹到半夜都不想回去;年轻的他们聚集在一起说一些荤话素话,有时候说谁家女子脸皮白,有时候比哪家的媳妇胸脯子圆。他那时最想的就是娶媳妇了,心里喜欢着一个姑娘却不知道怎么表达,最盼望五魁说怎么去撩姑娘。五魁生得又黑又瘦,却娶了一个仙女一样的漂亮媳妇儿。五魁说了好多办法,他大多都忘记了,可他记得

一个"生米熟饭法"。

好在那姑娘也喜欢麦垛，他没费什么口舌就把姑娘骗到了麦垛。那时候月亮偏西了，麦垛旁也正好没人，他虽然不会说什么好听的话，可手脚利索，不露声色把事情做了。后来呢，那姑娘就成了他的女人，死心塌地跟了他一辈子。那是他认为这辈子最得意的一件事了。

大集体解散了，集体的大麦垛也没有了，他们就把麦秸堆在禾场边，精心垒了一个圆圆的麦垛。胡伯是种庄稼的好手，他家的麦子是全村收得最多的，他家的麦垛也是全村最圆最高的，他家的麦垛还被记者拍成照片登在省报上。天气闷热的夜晚，他们还会在麦垛上过夜。清凉的夜风如水一样柔滑，浓浓的麦香伴着女人的体香，那是他一生中难以忘怀的记忆。

后来呢，孩子们大了，不准他们种地了。没有了麦秸，胡伯掏钱买来两车麦秸在场院外堆起一个大大的麦垛。那也是方圆几十里唯一的麦垛吧，附近的老人也常常不请自到。他们靠在麦垛上一起晒暖暖，讲一些年轻时候的故事，家里是好生热闹。

可惜老伴儿没福消受，辛苦一辈子该享福了，却患上瞎瞎病。在医院住了大半年，越治越厉害，夜夜疼得直叫唤。末了，老伴儿说，想回家在麦垛上晒暖暖。胡伯懂得老伴儿的心事，硬是把老伴儿背回了老家。在老家的麦垛上，晒着温暖的阳光，老伴儿平静地去了远方。

老伴儿走了，儿女不放心他的生活，都让他进城居住。可他舍不得自家的麦垛呀，想出种种的借口。实在找不到新的借口了，他让儿子给他弄一个麦垛。他是刁难儿子呀。

谁想儿子真心孝顺，还真给他弄了一个麦垛。

那是怎样的一个麦垛呢？他想象不出，但他知道儿子一定是受了天大的委屈。去不去儿子的家呢？他不知道，望着眼前的麦垛，心里仿佛被无边的黑夜浸满了。

冰天雪地

赵　瑜

一

我在结了冰的大坑里骑自行车,刚骑上去就摔倒了。在冰上发呆很久,那冰虽然平坦,却光滑之至。生活里有很多条道儿都像这冰封的河面一样,光滑、晶莹,却随时有让人摔倒的可能。

我那时候,是个愿意和别人分享痛苦的家伙。我想让赵四儿也来分享我摔倒的痛苦,便把赵四儿也叫到冰上来,说:"我刚才在这里骑车子,速度可快了。"

赵四儿不信,就骑上自行车在冰上走。可是,这小子胆子小,他骑得很慢,像只蚂蚁,小心翼翼的。只骑了一小段距离,他便推着自行车回到岸边,并且很勇敢地向我承认他骑不快。这让我感觉很不过瘾。

我后来又把前街的国子叫过来,他是个不服输的家伙。果然,他相信了我的话,骑上自行车在冰上骑得很快,一下子就摔在冰上。

我在岸上拍着手幸灾乐祸。国子将车子推上岸来,他还感觉很不好意思呢。

二

放学的时候,我在冰窟窿里发现一条鱼,那鱼大概被冻坏了。但它的眼睛还会动,它还没有被冻死。

我就叫来赵四儿、国子和军停几个小孩子来看。

他们都说鱼还没有死。

于是,我们决定把鱼救出来,然后再吃了它。

我们小心翼翼地用自己的棉袄包着它,回到我家里。

母亲问我们干什么。

我说:"这条鱼快死了,我们要救活它。"

母亲"哦"了一声,去忙活了。

但最后,那条鱼还是被我们吃了,那鱼肉竟然很好吃呢! 我们几个小孩子不懂事,以为是我们救了它,它感谢我们呢。

三

冬天的时候,我们小孩子开始忙活起来,找一切可以出汗的活儿干。

我特别喜欢扫雪,从院子里扫到院子外面,然后扫到大路上。

我喜欢用扫帚写字,如果赵四儿在旁边看,我就在地上写:赵四儿是个笨蛋。

赵四儿只是不停地对我说他们班某个女孩子的事情,他看不清我用扫帚写的字。

我感觉很快乐,就对他说:"我刚才用扫帚写你的名字了。"

他一脸兴奋地问:"在哪里啊,在哪里?"

我指着不远的一堆羊屎蛋说:"在羊屎蛋那里。"

四

我喜欢和小伙伴们一起去敲屋檐下的冰棍。

那是下雪以后的情景。在夜晚的时候,屋檐滴下的水凝结成冰,然后那冰棍一点点地长大,就挂在屋檐下。

我和赵四儿的个头最高,于是,我们两个就摘了很多冰棍。我们当作夏天的冰棍一样,放在嘴里嚼嚼就吃了。

有一天,小个子的国子发现那屋檐下的冰棍竟然比前一天的大了。这是一个重大的科学发现,我们激动地趴在那里看,一天,两天,等着那冰棍长得很大很大。我们甚至想着那冰棍最后会长成和我们一样高。

只是,有一个晴天,那冰棍融化了,就消失了。

我们很难过,那天看到后街里拾粪的老头在那个屋檐下捡羊粪,我们便怀疑,那长在屋檐下的冰棍,一定是被他偷吃了。

以后,我们每一次见到那个老头都狠狠地瞪他一眼。

猪马牛羊

赵 瑜

一

有一年，我们家里种了很多红薯。种红薯，是要打红薯粉子的。打了红薯粉，然后就可以做成粉条，挂在冬天里晒干，来年春天可以换成钱，交学费，交电费，还有给哥哥买自行车。

可是，红薯实在是太多了，一嘟噜一嘟噜的，都堆在院子里。

邻居家里的猪跑过来吃，我看着它，并不赶它走。

我母亲看到以后就把猪赶走了，并责怪我不懂事，要把别人家的猪赶走。

我心里想，这是赵四儿家的猪，反正赵四儿来了也是要吃我家的红薯的，他们家的猪来了，就代表他算了。

母亲怎么能懂得我的心事呢？

二

我和赵四儿、国子几个人赶着羊回家的路上，遇到了后街的双站。

他骑着一匹马，一边走一边喊着口号。这让我们无比羡慕。

于是,我们就给他说好话。

我说:"不如,我们换一下,你下来骑我们的羊,我来骑你的马。"

他骄傲地说:"骑羊?我还没有听说过羊能骑的。"

我就说:"你下来就知道了,羊比马好骑的,羊跑不快,而且个头又低,没有危险。"

双站听我说得很有理,就下来和我交换。

谁知,他刚骑到羊身上,就把我们的羊压得卧倒了,他仰面摔了下来。

我说:"你把我们的羊都压得卧倒了,我们也要把你的马压得卧倒。"于是我们几个都骑上了双站的马。

双站气得哇哇叫。

三

五爷家的牛很懂事的。

我们家借过,生大爷家也借过,那牛都是很听话地拉车。

忽然有一天,五爷跑到我家里来,对我爸说,牛疯了。

于是,我跟着我爸跑出去,我想看看那牛是如何发疯的。

只见那牛在街上跑得很快,直闯进别人家院子里,然后转一圈就又出来了,继续跑。

那头牛也跑到我们家,在我们家院子里卧了一会儿,吃了我母亲扔给它的一棵白菜,然后又继续跑。

那牛跑了好多户人家,最后累得跑不动了,卧在地上,被五爷牵走了。

我跟着那头牛跑得直喘气。赵四儿后来也听说那头牛疯了,看到我,就问:"那头牛疯的时候是什么样子?"

我说:"就像上次被我们气哭的女孩子一样。"

四

有一天,我们讨论关于母亲的话题。

我们就一起嘲笑小个子蒙蒙,因为他是吃羊奶长大的。

我说:"吃谁的奶长大就应该叫谁妈妈。那么,蒙蒙应该叫羊妈妈。那么,我们见了每一只羊都大声喊大婶子,因为我们管蒙蒙的妈妈叫大婶子。"

蒙蒙就哭着到我家里告状。他爸爸带着他来的。我爸爸脱下鞋子要打我,我跑得很快,边跑边对着我家的羊叫:"大婶子,吃草去吧。"

蒙蒙哇的一声,又哭了。

五

我家北地的玉米地里长满了草,我和几个小孩子一起割草。

说好的,每个人要负责两垄玉米,可是,我们只割了一半就停了。是我,忽然有了好的主意。我把他们几个叫过来,商量说:"我们割完草以后拿回家干什么啊?"

他们就像回答老师提问一样,异口同声地说:"喂羊。"

我有些得意,说:"既然把草割了带回家喂羊,那不如把羊牵到地里来,就省得割草了。"

我的话得到了他们的同意,于是,我们就牵着各自的羊到了地里。

只是,我们忘记了一件事,那羊不但吃草,也吃玉米叶子和玉米秆儿。

于是,在我们百般教育那些羊群,它们也不听话的情况下,我们只好承认,计划失败了。

六

有一年下了大雨。

我们家都被淹了,路上全是水。每家每户门口都用泥堰垒得高高的,将

水用桶排到外面去。学校自然没有办法上课,因为大雨一直没有停,小伙伴们也没有办法见面。

想问赵四儿一件事情,我就只能在院子里叫邻居家的小孩子,让邻居家的小孩子把话再传给另外一家孩子,然后再把话传给赵四儿。

我是想问赵四儿家的水好不好喝。

结果,赵四儿让邻居家的孩子回过来话,竟然是,他家的羊丢了,可能淹死了。

我本来想再问他一句话,不过,邻居家的孩子已经睡了。

那天,坐在院子里,听着屋檐滴水的声音,我忽然想,看来,一句话要是这样永远传下去,一定会变形的,会被人误解的。这真让人难过啊。

七

我和赵四儿、国子三个一起放羊。

我们商量好了,一定要把羊都赶到厚脸皮的胖子家麦地里。

我们每个人手拿一个鞭子,把羊往胖子家地里赶。可是,那羊不听话,却一个劲儿地往赵四儿家地里跑。

赵四儿家的麦子长势好,绿油油的。别说是羊了,就是我们,也想在他家地里打个滚儿。

所以,一个上午,赵四儿赶了这只羊,又赶那只羊。

我和国子在一旁的路上坐着下四方块棋,很悠闲。

深　秋

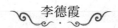

李德霞

　　收回禾场里的五谷杂粮，季节就翻到深秋那一页了。

　　是个晴朗的日子。我娘对我爹说："你去趟耿庄吧，把换瓜的粮食收回来。"

　　我爹手搭凉棚看天，天高云淡，一轮秋阳高悬在头顶。我爹边朝停在院门口的三轮车走边对我娘说："你回屋把那个蓝皮本本儿找出来，我去收粮。"

　　我娘"嗯"一声，扭身进了屋。

　　我们村有片沙滩地，适宜种瓜，种出的西瓜又甜又沙。我爹脑子活，每年西瓜成熟后，他就倒腾几车西瓜到耿庄去卖。耿庄和我们村仅隔着一条河，产粮不产瓜，村里人就特别稀罕我们村的西瓜。我爹卖瓜不收现钱，赊着，记在他的蓝皮本本儿上。等秋后粮食归了仓，他挨家挨户地去收粮⋯⋯

　　我娘进屋老半天不出来，我爹等得有些心急，便扯着嗓门儿说："一个蓝皮本本儿，就把你压倒啦？"

　　屋门一开，我娘耷拉着两手说："我明明记得就放在衣柜下面的抽屉里，咋不见了呢？"

　　我爹一怔："啥？不见了？"

我娘说："对，不见了。"

"对你个头，咋就不见了呢？"我爹黑了脸，风一样刮进屋里。

找来找去，直把屋里的旮旯犄角找了个遍，也没找到我爹说的那个蓝皮本本儿。我娘搓着手说："明明就放在那里，它能自个儿跑了？大瓮里面还能走了鳖？"

"找不到那个本本儿，还收个屁的粮！"我爹喷着唾沫星子，手指头雨点般敲着炕沿说，"那可是一千多斤粮食哩……"

我娘没了辙，两手抱着脑袋在屋里转圈圈儿。

这时，我爷爷拄着拐棍进了屋。问明情况后，我爷爷把手里的拐棍一戳地说："去吧。该收粮，收你的粮去。"

我爹笑了："爹你糊涂了吧？没有账本，咋收粮？"

我爷爷如此这般一说，我爹的心里还是不踏实。

"这……行吗？"我爹挠着头说。

我爷爷生气了，撅着胡子要走，临出门时撂下一句："亏你和耿庄人打了这么多年的交道哩……"

那天，我爹最终还是去了耿庄。

我爹开着三轮车进村的时候，村头儿的那棵老槐树下，正聚着一帮闲扯的人。看见我爹把三轮车停在槐树下，众人便知道我爹是来收粮的。

工夫不长，就有人背着粮食过来。

那人问："我家多少粮？"

我爹一愣，突然想起什么，赶忙说："老规矩，二斤瓜兑一斤粮。你家赊了多少斤瓜，你报个数……"

那人问："账本呢？你没带账本？"

"走得急，忘了带。呵呵，多少斤瓜，你说了算。"

那人笑："收粮忘账本，搬家丢婆娘……你这人，有意思。"

我爹也笑："打交道不是一年两年了，我信得过你……"

于是,那人报个瓜的斤数,我爹折半去称粮。多了,挖出去;少了,再添上。称好了,哗啦,倒进我爹抻开的蛇皮口袋里。

又有人背着粮食过来……

于是,我爹和人家又重复着以上的对话——

"我家多少粮?"

"老规矩,二斤瓜兑一斤粮。你家赊了多少斤瓜,你报个数……"

"账本呢? 你没带账本?"

"走得急,忘了带。呵呵,多少斤瓜,你说了算。"

"收粮忘账本,搬家丢婆娘……你这人,有意思。"

"打交道不是一年两年了,我信得过你……"

…………

家家都如此。

日头蹲在西山顶上时,我爹收完了最后一户人家的粮食。望着车斗子上满满当当的十个蛇皮口袋,我爹心里惊呼,啊呀呀,这可是一千多斤粮食哩!

我爹想起我爷爷的话:"耿庄人就是耿直,该你的,不赖账……"

有人路过,笑着跟我爹打招呼:"粮食都收齐了?"

我爹脸上的笑容比晚霞还灿烂:"收齐了收齐了。"

那人又说:"来年,还来换瓜不?"

我爹抹把脸上的汗说:"哪儿不去都行,你们耿庄,不来不行……"

这个点儿,正是吃晚饭的时候,空气中飘来一阵阵饭香味儿。那人说:"吃了饭再回吧。"

我爹一步跨上三轮车:"不了不了,老婆孩子还在屋里等着哪……"

我爹发动了三轮车。

突突突,三轮车撒着欢儿奔跑在夕阳里……

米贵卖羊

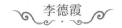
李德霞

羊贩子一眼就看中了米贵羊圈里的六只羊。

米贵的羊，喂得好，个个膘肥体壮，滚瓜溜圆。羊贩子说："兄弟，一只五百，给足了吧?"米贵搓着手，嘿嘿地笑。一旁米贵的女人，也跟着嘿嘿地笑。

羊贩子拉开系在腰里的钱包，抽出一沓钱，数了三千，交给米贵，然后说："兄弟，帮我装车吧。"

罩着钢筋网的拉羊车，就停在米贵家的大门口。车斗子上的羊挤来挤去，咩咩地叫，惹得米贵羊圈里的羊也跟着咩咩地叫。米贵把钱交给身边的女人，朝手心里啐口唾沫，哈下腰逮着一只羊往外拽。拽了三只，车斗子满了。瞅瞅满满一车羊，确实再挤不下一只了，羊贩子挠挠头皮，自言自语说："咋整哩?"

米贵也挠头，挠了半天说："能拉几只算几只，我给大哥退三只羊的钱吧?"

"别别别。"羊贩子连连摆手，他害怕丢了米贵这么好的羊。

米贵说："你这人有意思，羊又拉不走，钱又不让退……"

羊贩子掏出烟，给米贵一支，自个叼一支。他说："要不这样吧，这三只羊就留在兄弟家，麻烦你们帮我喂几日，下礼拜我一准来拉。"米贵说："喂就

喂，自家的羊哩，你一下子全拉光，俺们还舍不得哩。"

羊贩子上了车，打着火，回头冲米贵和女人说："麻烦你们两口子了!"米贵嘿嘿笑，女人也嘿嘿笑。羊贩子一加油门，三轮车"突突突"向村口奔去。

一个礼拜很快过去了，羊贩子没来。又一个礼拜过去了，羊贩子还是没来。

这天，来了一个收羊的，趴在米贵的羊圈墙上，缠着要买米贵羊圈里的三只羊，给的价钱更高，一只给到六百块。

女人动了心思，悄悄扯扯米贵的衣袖说："米贵啊，要不卖了吧?"米贵回头瞪女人一眼："这羊是你的?"女人说："是他羊贩子的又咋啦? 说好一礼拜来拉，可他俩礼拜也没来。"米贵说："那人家要是哪天来拉羊了，拉你?"女人说："拉我干吗? 我又不是羊，他要真的来拉了，就退他一千五。"米贵说："退个屁! 羊是人家的，咱做不了这个主!"女人瘪了嘴。

收羊的见收不成羊，开着三轮车走远了。

这天，米贵得到一个可靠的消息，那个羊贩子在拉羊时翻车受了伤，伤得挺重，一条腿也被压折了，现在正躺在医院的病床上，估计没个百八十天下不了地。

这下，米贵没辙了。月底，他和女人就要进城去帮舅舅开饭店的，这三只羊咋办? 米贵进门出门就想着这件事，想得头都大了，也想不出一个办法来。女人说："我说卖了吧，你还跟我瞪眼睛。这下，还不得卖?"

米贵果真卖了圈里的三只羊，还卖了个好价钱。

米贵要进城，给羊贩子送钱去。女人拿出钱交给米贵，米贵一数，是一千五百块。米贵说："咋成了一千五?"女人攥着抽下来的三百块钱说："他买咱羊的时候，就给了一千五。"米贵不想跟女人争辩，米贵问："羊是谁的?"女人答："羊贩子的。"米贵又问："卖羊的钱该归谁?"女人闭了嘴。

县城不大，骨科医院就一家。米贵没费多大劲，就在医院住院部的二楼找到了腿上打着石膏的羊贩子。

　　看见米贵,羊贩子很是意外,赶忙坐起来说:"兄弟,你咋来了?"米贵说:"你不来拉羊,我得来给你送钱不是?月底,我跟媳妇要进城帮我舅舅去开饭店,没辙,就把你的羊给卖了。"羊贩子说:"好,卖了好哇。你看我这个样子,一时半会儿也做不成买卖。"

　　米贵从口袋里掏出钱,交给羊贩子。羊贩子数来数去,抽出三百块,塞到米贵手里说:"兄弟,多了,我记得真真切切,是一千五。"米贵说:"你的羊,我就卖了一千八。"羊贩子歪着头想了半天,说:"咋说,这三百块都不该我拿。"

　　米贵不想跟羊贩子磨嘴皮,米贵问:"羊是谁的?"羊贩子说:"我的吧。"米贵又问:"卖羊的钱该归谁?"羊贩子语塞。

　　米贵放下钱,一本正经地说:"不该我的,我不拿。拿了,昧良心……"

　　羊贩子感觉有咸咸的东西,流进他的嘴里。

海　啸

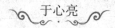

于心亮

　　这个季节好极了。上周堂哥出生了，这周我又出生了。我爷爷高兴，就连陪伴他十二年的老黄牛死了，也没让他多伤心。只是每次在听完我和堂哥的哭声后走回自己的老屋时，习惯性站在空荡荡的牛棚前，爷爷才会怅然叹口气："唉——"

　　爷爷的牛，听话，懂事儿，闲着就吃草、沉思、打瞌睡，有时还会莫名其妙叹口气，仿佛有什么心事未了似的。爷爷把死去的牛埋在奶奶的坟旁，爷爷一边挖坑一边低声骂："你可倒会享福，把眼一闭拉倒了，让我这个当公公的怎么办，你说！"

　　每天早晨，爷爷都会先去看饿得哇哇哭的堂哥。一走进胡同，他就开始大声咳嗽、清嗓子，鞋底子擦得地面唰啦唰啦响，尤其是开街门，稀里哗啦恨不能推倒似的……此时我大妈抱着孩子正愁苦地站在院子里，看到爷爷进来，就说："爹，你来啦？"

　　爷爷低头只看襁褓里的孩子，点着头说："唔，唔。"

　　爷爷接过孩子扭头就走，快走出街门了，才说："大儿媳妇，别犯愁。"

　　爷爷抱着堂哥来我家。此时的爷爷就用不着大声咳嗽清嗓子擦鞋底子了，堂哥哇哇的哭声高音喇叭似的老远就能听见，我妈赶紧迎出门。此时爷

爷脸色就讪讪的,说:"二儿媳妇,又……又劳苦你了。"我妈总是笑:"爹啊,给我就中,忙你的去吧!"

爷爷赶紧走开。其实也走不远,在门外或是拿笤帚扫地,或是拿铁锨铲鸡屎,或是拿水筲去挑水。这时候,堂哥就窝在我妈怀里气鼓鼓地咂奶,像是怀着深仇大恨似的,我妈就忍不住笑:"幸亏我奶水还行,要不可让公公怎么办呢?"

我爷爷一直在想办法,比如炖老母鸡,比如熬鲫鱼汤,还觍着老脸四处打听催奶的偏方儿。爷爷去野外找人们说的偏方里的好东西。村前不远是海,村后不远是山,那些个东西说起来容易找,尤其是在这么好的季节里,单纯走走看看,心里就美得慌!

果然,那些个东西用不着爷爷费心去找,自个儿都跑出来。一群青蛙跳过来了,一群老鼠跑过来了,一群长虫游过来了,一群海鸟飞过来了……就连平日不多见的黄鼠狼也结伴成伙地跑过来了。爷爷开心极了,他觉得老天爷真是太眷顾自己了,真是太好了!

可爷爷开心了一会儿,就开心不起来了。他匆匆地跑回村,一边跑一边喊:"要来灾祸了,要来灾祸了,大伙赶紧逃命吧!"他气喘吁吁地跑到我大妈家,说:"大儿媳妇,要来灾祸了,快逃命吧!"他又气喘吁吁地跑到我家来:"二儿媳妇,要来灾祸了,赶紧逃命吧!"

我爷爷又跑回家,跑向他的牛棚,说:"老伙计,要来灾祸了,赶紧逃命吧!"

没人相信我爷爷的话,包括那些村里的人们,包括我大妈和我妈,还包括空荡荡的牛棚……大家看看晴朗朗的天,又瞅瞅白丝丝的云,说:"这么好的季节,有灾祸?"我爷爷嘴角挂着白沫说:"那些青蛙、老鼠、长虫、海鸟、黄鼠狼都跑了,我看到了,看到了!"

依旧没人相信我爷爷的话。我爷爷赌咒说:"我要是撒谎,就让我断子绝孙!"

我爷爷对我大妈和我妈说："儿媳妇啊，你们也不相信我吗？看在两个吃奶的孩子的分上，能不能相信我一回？"我大妈和我妈就劝我爷爷，说："爹啊，你看这么好的季节，这么好的日子，怎么会有灾祸呢？大伙儿都过得好好的，你就别乱嚷嚷了吧！"

的确是，这么好的季节，这么好的日子，怎么会有灾祸呢？爷爷怀疑自己是不是看花了眼睛，看错了东西。爷爷想，要是有灾祸，上头早就该广播了，还用得着自己跟个傻子似的满村叫嚷让别人看笑话吗？天黑了，爷爷睡着了，窗外挂个大月亮，亮亮地照着。

到了下半夜，月亮跑进了爷爷的屋里。爷爷瞅见了，很奇怪地想："月亮不在外头待着，跑到屋子里做啥呢？"爷爷一扭头，看到一只大螃蟹骑在他的枕头上！爷爷翻身下炕找鞋子，却扑通一脚踏进水里了。——"海啸了！"爷爷慌乱的叫喊一刹那就响彻了整个村子。

爷爷跑到我家，踢开门，一把把我抢过来，喊："二儿媳妇，快逃命吧！"

爷爷又跑进我大妈屋里，踢开门把我堂哥抢在怀里，喊："大儿媳妇，快逃命吧！"

满村的人都惊慌起来，你哭我喊，乱成一团。大家乱哄哄地跑向村后的山坡，夜里的海水长了腿，不声不响却阴险地追撵着人们。到了山坡上，人们停住了脚，我爷爷把我和堂哥分别递给我妈和我大妈。我大妈却冷着脸闪到一旁去了，不搭理我爷爷。

我大妈生了怨气，因为危险时刻，我爷爷先去的我家。

两天后，在外出工的大伯和我爹赶回来了。

我爷爷攥着铁锨，愣是把两个儿子打得满街跑。

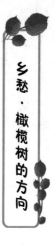

爷爷的梧桐树

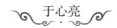
于心亮

家里的梧桐树,是爷爷栽下的。他说梧桐树长得快,好养活。

梧桐树的确长得快,噌噌的,一年就长过了屋檐。叶子很大,蒲扇一样。

爷爷坐在梧桐树下,看着头顶的树,咧着嘴笑。爷爷跟我说:"等树长大了,你也长大了,将来给你做家具。"

我问:"做家具干啥?"

爷爷说:"给你娶媳妇啊。"

我问:"娶媳妇干啥?"

爷爷说:"你和媳妇过日子,生娃娃啊。"

我摇头说:"不行,生了娃娃会跟我抢玩具的,不行不行。"

爷爷就笑起来。

我妈也笑,说:"爹,你净逗弄孩子。"

大妈家门口也有棵梧桐树,那也是爷爷栽的。有时候到了吃饭的点儿,爷爷就坐在大妈门口的梧桐树下,看看树,看看树叶,透过树叶缝隙看天空。

有一回我大妈出门来,端一盆脏水泼向蹲在梧桐树下的一只老母鸡:"见天儿也不下个蛋,待树下死混着干啥!"

爷爷的脸就灰了。他颤抖着胡子说:"那棵树是我栽的,是我栽的呀!"

我妈也红了脸,她跟爷爷说:"爹,以后你别轮着吃饭了,就在你三儿子家里吃,家里的树是你栽的,家也是你的!"

爷爷说:"不行不行,你大嫂子会有看法的。"

我妈说:"有看法? 能咋的? 我还要你跟我们一块儿过呢!"

爷爷的铺盖卷儿从大妈家搬到我家里来,爷爷就跟我们一块儿过了。晚上我跟爷爷一块儿睡,白天我跟爷爷一块儿耍。快到吃饭的点儿,爷爷背着我从外面回来,就坐在梧桐树下等,过会儿屋檐下飘出了饭菜香,过会儿又飘出了我妈的喊声:"爹,吃饭啦!"

爷爷吃饭不多,吃几口就饱了,然后坐到梧桐树下去歇息。

我妈就会打发我:"去,给你爷爷再送碗饭去,不吃你就哭!"

于是我就捧着饭碗送给爷爷吃,说:"爷爷不吃我就哭。"

爷爷接过了饭碗。我没有哭,可是爷爷哭了。

爷爷闲着没事,就坐在梧桐树下搓草绳子,一圈儿缠在梧桐树上,又一圈儿缠在梧桐树上……梧桐树很快就变胖了,我瞧着梧桐树喊:"爷爷,树要倒了,树要倒了!"

爷爷会把搓好的草绳子背到集上卖掉,卖的钱回家给我妈。

我妈不要。爷爷把钱扔锅台上扭头就走。我妈把钱捡起来,叹了口气。我妈把钱留下一点儿,余下的送给坐在树下的爷爷:"爹,拿着,你孙子要馋什么了,好买给他吃。"

听我妈这样说,爷爷才把钱接过了,说:"好,好,好……"

后来我大妈在街上传言,说老三家的做人真是精细,把老头儿接过去,给她看家、给她看孩子、给她赚钱花……老头儿让老三家的骗了去,真是做牛做马遭老罪啦!

我妈听说了,受不住了,她要去跟我大妈理论。

爷爷说:"老三家的,谁对我好,谁对我孬,我心里没数吗?"

爷爷说:"我这当爹、当公公的都能忍下,你这做小辈的怎么就忍不

下呢？"

爷爷说："你们当妯娌的要是撕破脸，街上人不笑话咱们吗？"

我妈忍下这口气，可心里难受，就带上我，回娘家找我姥姥哭。哭完了瞅瞅天儿，擦擦泪儿，站起来拉上我就走："天不早了，你爷爷在家里说不定要饿肚子了！"

爷爷还是坐在梧桐树下搓草绳子，一圈儿缠在树上，又一圈儿缠在树上……看见我和我妈回来了，就朝我张开手："孙子，来，瞅瞅爷爷今儿给你编了个山蚂蚱！"我和爷爷坐在树下玩儿，过会儿闻见屋檐下飘出了饭菜香，过会儿又飘出了我妈的喊声："爹，吃饭啦！"

梧桐树长得很快，爷爷说种了梧桐树，就会引来金凤凰。我仰着脑瓜往空中看，看到大雁排着"人"字在天上飞，我使劲儿喊，它们也不下来。我问爷爷金凤凰在哪儿，爷爷笑着不回答我。我站在梧桐树下想，金凤凰是什么样子？

此时我开始上学了。放学后我喜欢坐在梧桐树底下写作业。爷爷每回都认真看我写字，夸奖我写得真好。我问爷爷哪里写得好，爷爷乐呵呵地说："我也说不出，反正是好！"

许多日子过去了，梧桐树长得更高，更粗壮了。

我也在长高，也在一天天变壮实。

坐在梧桐树下的爷爷乐呵呵地看着我笑。爷爷已经变老了，他更加喜欢坐在树下，守着他的树，看他的树，看我背着书包去读书，眼巴巴的，就像当初我看他去赶集一样。

在一个和暖得就像秋天的干净稻草般有阳光的日子里，爷爷靠着梧桐树，感觉一阵风儿掠过，就接连打了几个喷嚏。打完喷嚏的爷爷拍着梧桐树说："将来，给我孙子做媳妇用的家具吧。"爷爷说完进屋躺下，就再也没有醒来……我大妈忙着哭。我妈忙着后事。

我和我妈都没哭。我们觉得爷爷只是出了趟门，说不定某一天又会坐在梧桐树下。

爷爷的梧桐树我没做家具，我舍不得，我头一次没听爷爷的话。

寻找朱一阁

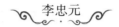

李忠元

　　氤氲的雾霭中，远天慵懒地撕扯出一丝丝斑斓曙色。狡猾的露珠固执得很顽皮，一个个逗疯似的，躲也躲不开，争先恐后地扑到脚面上。我的鞋已经湿透了，呱呱地，一迈步，像踩到若干只青蛙，发出一声高似一声的惨叫。

　　一清早我钻出热被窝，就被迫出发了，去一个叫薯花飘乡的地方秘密寻找那个叫朱一阁的低保户。

　　薯花飘乡在县城东南，挺偏僻，虽然只是一百多公里的路程，但下了柏油路，还有一段很长的土道，夏天雨水多，路很不好走。

　　可我，却一连在这段土道上走了十天。

　　我们民政局接到群众举报，说该乡民政助理黄翔虚拟低保户，骗取国家财政补贴。我作为局里的纪检书记，奉局长之命，专程秘密查访此事。

　　这些天，我深入农户，认真逐户地核实，摸排工作已近尾声。

　　这时，局长来电话催促我。我说，摸排工作马上结束，基本可以排除匿名举报信里说的种种可能。

　　然而，我错了，等查到补贴名单上最后一户——薯花飘乡119号时，我却一时找不到这户人家了。118号吴老二的下一户根本没有人家，只是一处低

矮的猪舍。我傻眼了，探问周围群众，他们都把头摇得像拨浪鼓似的。

119 号，这个户主怪怪的，叫朱一阁。

我无法相信黄翔贪污的事实，反反复复地审视着名单，想从中寻找蛛丝马迹，但最终还是失败了。

没办法，我只得走进了村委会，悄悄找到了村会计，从他那里拿到村民花名册，逐一查找，可还是没见朱一阁的踪影。

一晃儿，夜幕就悄然降临到这个小村，暴晒了一整天的薯花这时散发出阵阵幽香，我顶着一弯小巧的月牙儿，疲惫地踏上归途。

我低着头，在心里反复掂量着这个事儿，筹划着怎样向领导汇报。突然，从身旁的马铃薯田里冷不丁地窜出一物，着实吓了我一跳。我抬头一看，竟是一头大黑猪。

我深深地喘了口气，拍了拍前胸，安抚我那剧烈跳动的心脏。

我以为是什么怪物，原来是猪一个！妈呀，朱一阁！

回到局里，我匆忙走进了局长室，紧张地对局长说："局长，我调查清楚了，朱一阁并不是一个人！"

局长不高兴地说："你说什么呢，难道他还是两个人不成？"

我说："也不是两个人，您反复念叨一下！"

"朱一阁——朱一阁——猪一个！难道举报人对黄翔的举报是事实？"领导若有所思，渐渐地面露惊异之色，然后一拍桌子，站了起来。

我回答说："正是！"

"这还得了，你火速带检察院的同志过去，看这个胆大包天的黄翔这几年到底贪污多少低保户的补偿款！"

事不宜迟。为了快速带走黄翔而不打草惊蛇，检察院的同志坚持开车穿越土道，没想到车一上坑坑洼洼的土道就不走了，车轮越陷越深，老是原地打转，就是开不出来。

无奈，我们不得不惊动村民了。

招呼来附近的村民来帮忙，车还是推不出来。村里那些年纪轻轻的男女都外出打工了，剩下的全是些老、弱、病、残，哪有什么力气？我们一筹莫展，个个唉声叹气，咒骂起这该死的土道。

村民说，还是去118号特困户吴老二家找黄翔吧，虽然他也正扛着病，但他请来给猪打针的兽医却年轻有力！

我看看实在没辙，只得快步跑到吴老二家。

果然，在吴老二家边上的猪舍里，我发现蜡黄脸的黄翔正陪着兽医给吴老二那头瘦弱的病猪打针。

黄翔一见是我，忙过来握手，我没理他，说你快忙吧，我还有事儿。

黄翔和兽医打完针，跟我走了。一路上，年过半百的黄翔唉声叹气，全是关于这个病病歪歪的吴老二和他那头一样病病歪歪的猪的。

原来，八十多岁的孤寡老人吴老二体弱多病，只和一头小猪相依为命。不想，几年前竟然又得了脑血栓，吃了不少药，生活越来越窘困。虽然国家有政策，对老人有了照顾，黄翔也给他办了低保，可那点儿钱对一个常年体弱多病的老人是杯水车薪。黄翔看在眼里，苦在心头，看看吴老二那头病弱的猪，没什么文化的黄翔计上心来。

节外生枝，颇费了黄翔一番踌躇。为了多给吴老二弄点儿钱，黄翔违反规定，编造了一个找不到的人名，119号——猪舍；朱一阁——猪一个，因此还单列了一个户头。

回到局里，我眼含热泪，在局长办公会上汇报了此事。最后，提到对薯花飘乡民政助理黄翔的处理，大家一时都一言不发，局长竟也没了言语。

第二天，局长带着全局干部去了薯花飘乡，召开了一次别开生面的现场会，批评了黄翔的极端做法，但同时也为吴老二捐了款。局长还自掏腰包，亲自补上了国家财政对"朱一阁"的各项补偿款。

抗 旱

许心龙

一

村主任沙哑的嗓音,通过大喇叭,在烤人的阳光里叫喊——

"各位乡亲,太阳高照,已经四十五天,滴雨不见,粮要减产。唐宋元明清,没见过这样的天。决不能眼瞅着庄稼苗旱死完,望父老乡亲抓紧抗旱!"

听到村主任的广播,石碌老汉跺跺脚,叹息一声:"这老天爷!"

天恁旱,村主任还是恁幽默。寡妇素颜抿嘴笑笑,不由抬头望望刺眼的太阳,复又回到阴凉的堂屋。

二

妮儿给哥哥打电话。妮儿是石碌老汉的闺女。

"哥,咱爹打电话要个马达。"

"要马达?"

"说菜园快旱干了,得在村里带头浇水。"

"唉,三分地的菜园,值当吗?"

"哥,咱爹的脾气你不是不知道……哥,因为你包地给大娃叔,您爷儿俩别扭到今天,要不是村主任出面给咱爹留了三分地做菜园,咱爹——"

"这我清楚。你说自古种地有发财的没有？一辈子庄稼老冤……再说,咱俩在市里,咱爹在家还种地。"

"这不怪你。我也没能给咱爹商量通啊。咱娘老后,爹的脾气更怪了。"

"我听说爹夜里不在家里睡,睡在菜园了?"

"嗯,睡一段时间了,我也没敢对你说。"

"唉——"

三

天地间像个大蒸笼,鸡鸣狗跳。

一头汗水的村主任出现在石磙老汉家。

"主任,坐吧。"

"站坐一个样,反正是个热。"

"全村的大事小事,都得仰仗主任哩。"

"没见过这天。老石,抗旱你得带头啊。"

"嗯,妮儿买好了马达。"

"日他个奶奶,都不愿抗旱！没粮饿死你个驴熊！"

"主任你别生气。哎,主任,西南角那块地浇灌了没有？这块肥地可不能旱了啊！"

"老石,你也看我的笑话?"

"这块地要旱了呀,我看你主任是不想活了。"

"哪壶不开提哪壶哦。"村主任弓着腰笑着走了。

西南角那块地是寡妇素颜的玉米田。

四

妮儿的手机响了。是石磙老汉打来的。

"妮儿,马达好了吧?"

"爹,好了,明儿个给您送去。"

"妮儿,没给孩儿说吧。"

爹说的孩儿,是妮儿的哥哥。

"没给我哥说。爹,浇水千万别累着您了。"

"我抗了旱,你回来摘菜啊。爹的菜没农药呀。"

五

石磙老汉望着从马达里流出的清水,猛地想起了生产队时用推车抽水的情景——七八个汉子,喊着号子,流着汗,有说有笑……那时多快乐啊!石磙老汉陶醉在甜蜜的回忆里。一只蜜蜂围着老汉嗡嗡地扑来飞去。

蔫头耷脑的菜叶,浇上水不久,来了精神,绿意盎然了。

"这菜啊,就像孩子,有奶吃就不闹人了。"石磙老汉抚摸着一片菜叶,望着旷野袅袅蒸腾的热气,自言自语。

六

妮儿的手机响了。是哥哥打来的。

"出事了,妮儿!"哥哥的声音很急切。

"哥,出啥事了?"

"你在哪儿呢? 我去接你。"

"我在办公室。到底出啥事了,哥?"

"主任告诉我,咱爹中电了。"

"啊? 电着了?!"

七

输着液体的石磙老汉醒来了。

“妮儿，我咋在这儿呢？”

“爹，您吓死我们了！差点把命搭上！”妮儿一个劲儿埋怨，又说，“爹，您出院后住俺家，苗苗想姥爷了。”

“想姥爷就回家，我可不愿困在鸟笼里，憋都憋死了！”

菜园没人照顾，荒了谁能赔起？那可是石磙老汉的牵挂啊。

八

村主任气愤地把一个水泵从井里拔出来，喘着气，直骂：“奶奶的，我叫你们乱争，谁也别想得逞！按顺序来，心情都一样，谁也不能看着苗旱死，乱来，只有都死。”

在井边等喷灌机的素颜朝村主任看一眼，扭身走了。素颜朝西南方向扭腰走去。

村主任没走。村主任抬手指挥：“先朝西南方向抽水抗旱，其他暂停！”众人愕然。清水汩汩地朝西南方向兴奋地流去。

“地旱，人更旱。”不知是哪个小子喊了一声，“主任抗旱哩！”

井边顿时冒出一片笑声。

那年，村主任的细腰、村主任的瘦腿，在这田地里，素颜一览无余。当然，素颜的肥臀上，那颗靠左的诱人的黑痣，村主任闭目难忘。

九

村主任沙哑的声音，穿透灼人的阳光，在大喇叭上喊叫——

“各位乡亲，告诉你们个消息，既有不幸的，也有让人高兴的。这不幸的是，石磙老汉在菜园浇水，用湿手拔插座，中电了！这让人高兴的消息，是石磙老汉命大，没啥事了，又能回来种地了！”

一分耕耘，一分收获。人勤地不懒，你哄地皮，地皮哄肚皮。自古如此！

村主任讲毕，擦擦汗。村主任想，素颜听到了吗？

村主任不知道,素颜听后,笑了好久呢。

十

进入农历八月的第二天,素颜儿子给村主任送来了两盒月饼。村主任笑说:"还没有节日味呢。"大而圆的月饼摆在了村主任面前。圆圆的月饼,咋看咋像素颜的脸。

素颜儿子说:"我妈说今秋大旱,我家能大丰收,得谢伯伯呢。"

与此同时,妮儿在城里吃上了石磙老爹的无公害蔬菜。当然,哥也吃上了。妮儿给哥送菜时说:"要没那马达,别想吃上新鲜蔬菜,只是那马达,险些要了爹的命!"

拿手活儿

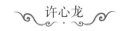

许心龙

杀猪是四叔的拿手活儿,只可惜四叔的拿手活儿现在没有了用场。

我就是吃四叔杀的猪肉长大的。俊俏的四婶也是奔着四叔的这手杀猪好活儿嫁过来的。

然而,机会还是来了。

县屠宰场的聂总要到村里来杀猪,说是寻找年味儿,说打小就喜欢过年,喜欢过年飘着雪花,喜欢过年放鞭炮,喜欢看杀猪。我与聂总的关系,是因为我每年都养百十头猪,我养他杀,日久就熟悉了起来。

这时,我就想起了四叔,想起了四叔的杀猪锅灶。四叔还健在,可那经年的血腥气的杀猪锅灶还安在吗?我说:"回去找找看吧。"

"去吧,你小子!"

于是,我就屁颠屁颠地穿行在村里腊月二十七春天般的阳光里。

曲里拐弯穿越便道绕到四叔家门口。我不由长出了一口气,掏出手机就喊:"聂总,杀猪锅台还在,还在呀,你真有福!"

我喘着气站在了那里。我一眼就发现了厚厚的秫秸掩盖着的杀猪锅灶。那真是四叔的最爱,换了人就不会保留了,占地方还碍事。霎时,我仿佛看到袅袅蒸汽中四叔肩披毛巾正在哧啦哧啦地奋力刮猪毛。随着湿漉漉

的猪毛横七竖八地打着卷儿煺下,刺眼的白猪皮的面积也在不断扩大。

聂总激动地说:"先准备好,我吃了午饭就赶过去。"

这个聂总,有五十岁了吧,还小孩子一样这么喜欢过年。我窃笑着走进四叔的家。

听到"杀猪"俩字,四叔脸上的皱褶里顿时迸出了鲜活的神经。

可是很快,四叔又松劲儿了,说:"那几把杀猪刀好多年没用了,恐怕早生锈了,再说我这体力也差多了。"

我笑笑说:"有磨刀石,还怕刀不锋利吗?体力嘛,多找几个人不就行了?反正聂总不差钱的。"

四叔还是犹豫不决。

"四叔的杀猪好活儿,远近闻名,谁不佩服!"说着,我来了个朝猪脖子猛捅一刀的动作。

四叔笑了,露出了两颗可爱的豁牙。

正当四叔磨刀霍霍、四婶翻找捆猪绳、几个帮忙的人刷锅找劈柴时,聂总的黑色大"别克"开进了村里。

聂总拿出一条烟,一人一包。众人乐了:"聂总真大方!"

一头大黑猪被赶了过来。大黑猪嘴里不停地哼哼着,似乎很不满,或许它不懂自己长大了就要被杀的宿命。一条后腿被捆住后,黑猪发疯般地乱扯乱窜。

"又回到我小时候了!"聂总边感叹边打开车的后备厢,搬出来簸箕般大的一盘鞭炮。

"先点炮,再杀猪!"聂总兴奋地喊。

燃着的鞭炮噼里啪啦欢快地炸出了一地红纸屑,像铺了一地红花,吉祥喜庆。淡蓝的硝烟穿透阳光升腾散去。聂总一边拿手机拍照,一边不住地喊道:"这才是过年,这才是过年呀!四叔,开始杀猪吧!"

四叔早攥紧一根粗杠子,吼一声,不偏不倚打在黑猪的脑干上。

聂总抿嘴竖起了大拇指。

七八个人把晕倒的黑猪抬放到一块楼板上。

"刺啦!"一眨眼,四叔的尖刀从猪脖子里拔了出来。

"咕嘟咕嘟",殷红的冒着热气的鲜猪血有节奏地流到了四婶端着的铝盆里。

"乖乖,满满一大盆!"聂总激动地说,"猪血是好东西,是胃肠的'清道夫'。"

聂总抬头望望偏西的太阳,一脸的灿烂享受。

"注意灶火,五十度左右!"四叔命令烧锅的四婶。

"水温高了低了都不好煺毛的。"四叔望着聂总卖弄自己。

四叔又说:"猪的毛就数黑猪的最难煺了。"

锅下冒蓝烟。锅上冒水汽。四叔头上冒热汗。

"呵呵,聂总真好玩儿,放着屠宰场不用,受着罪大老远跑到村里来杀猪。"

"屠宰场杀猪是屠杀,我们在这儿是宰杀。屠杀无情呀,宰杀才有味道哩。"聂总笑着说。

随着众人一声"嘿——",猪被头朝上悬挂了起来。白花花的猪身子,咋看咋像个一丝不挂的女模特。

四叔双手握刀,凝神静气,气运丹田,喊一声:"开!"接着刀光一闪,"刺啦"一声,长长的猪身被剖膛开肚。

聂总鼓起了掌,叹道:"好利索的刀法!"

四叔说:"猪头沟沟壑壑的,最难清理,由我来吧。你们抓紧清洗猪下水。"

偏西的太阳发黄发软时,卸开的猪肉用食品袋都装进了后备厢里。

最后,四叔端着气提着还滴着水的猪头赶来。

"不了,这猪头就送给四叔。"聂总突然说,"那猪下水也送给你们,当下

酒菜吧。"

四叔一愣,喘着气说:"那咋好意思呢?"

我知道聂总一向大方,就说:"四叔,收下吧,聂总今儿个高兴。"

聂总给了我猪肉钱,又给了四叔他们杀猪的辛苦钱,就告辞了。

四婶拿着杀猪挣来的钱,笑了,不住嘴地絮叨:"这聂总就是有钱。"原来聂总多给了每人五十元。

我捏着一沓钞票,望着轿车扬起的飞尘,心想四叔今天收获最大了。

这时,我的手机叫了起来,是聂总打来的。聂总说:"老弟,那个猪头只能送给四叔了。"

我一惊:"为啥?"

"那猪舌头早被你四叔割下来了。"

"啊?!"

"其实我早想好了,要送给他老人家几斤肉的。"聂总说,"今天杀的猪肉,回去也是给几个哥们儿分了。过年嘛,图的就是热闹!"聂总又说:"算了,大过年的,别再提这档子事儿了。"

我叹一声,忙说:"聂总,真对不住呀!"

"杀猪有年味儿,明年我还会来杀的。"聂总笑说,"哎,你听这是啥声音?"

我分明听到手机里传来"噼里啪啦"的声音。"这哪来的鞭炮声呀?"我很吃惊。

"手机录的是今天放的鞭炮声。城里不让燃放了,听听录音总可以吧!"聂总哈哈大笑了起来。

这个聂总!

吃晚饭时,我把四叔偷割猪舌头的事告诉了我娘。

我娘一提四叔这不主贵的手就来气,说:"真稀罕了,大半辈子了毛病还没改,他年轻时连别人结婚陪送的一盒茶具也往家里拿,何况是猪舌头!嘿嘿,这倒成了他的'拿手活儿'!"

　　大年初一给四叔拜年时,我对他说:"明年聂总还会来找年味儿,还要杀猪的。"

　　四叔说:"聂总这人好啊,我等着!"

记忆中的老味道

刘正权

吃要原味的!

黄小宁举起勺子,示意丁武志吃盘子里的凉糕:"很好吃的,一天最低可以卖出五百碗!"

"盛凉糕的明明是盘,咋叫碗呢?"丁武志不解。

这个问题黄小宁倒真没想过,可能,老辈人就这么叫的吧。不然,村口的广告牌上也不敢大言不惭地打上这么一句话——回到回不去的老家。

村叫莫愁村。

据说这里大部分的建筑材料都是老物件。黄小宁是相信这个"据说"的,在这里,她居然有了恍如隔世的感觉。

才三十岁出头的黄小宁似乎还不配拥有怀旧的情怀。但她跟母亲的感情,旧了,如同厨房用久了的抹布,每一个皱褶里都藏着污垢,每一条纹理里都暗埋龌龊。任凭清洁剂怎么强力去污,那些细菌的生命力是顽强的,仍在暗暗滋生。黄小宁对父爱的渴望,也是顽强的。

哪怕面对一个不堪的男人。

父亲在母亲眼里,一直是不堪的。但不堪的男人,也有他的好。最起码,给了黄小宁似曾相识的感觉。

丁武志不认为自己有多么不堪。端人碗,受人管,老祖宗流传千年的至理名言,有错吗?

错的是黄小宁,她把一个男人对一份美食的馈赠,看成是对嗟来之食的顺受。

凉糕呈半月形躺在盘里,如刚出浴的美人,冰肌玉骨,自清凉无汗。凉糕下面是浅浅的一层红糖水,那种清新的甜,一点也不起腻。丁武志抿着嘴巴把勺子含在嘴里,可以想象得出,他舌尖的味蕾正一点一点舒展开来。

"不起腻?"黄小宁摇头,"这世上就没有不起腻的东西。"

"有的!"丁武志抬起头,勺子轻轻在舌尖上划拉一下,很认真地看一眼黄小宁说。

"愿闻其详!"黄小宁支起下巴,做洗耳恭听状。

"家啊!"

"呵呵,"黄小宁笑出眼泪来,"你一定没结婚吧!"

"我儿子都会打酱油了!"丁武志用勺子轻轻将盘底的红糖水舀了一勺,淋在刚刚被挖了一道的凉糕口子上。

"那你还抛家弃子出来?"

"抛家是有,弃子却未必见得!"

"有点意思!"黄小宁忽然觉得,这碗凉糕请得真值,眼前这个男人,肯定有故事。

却是个很悲催的故事。

丁武志的儿子还真是会打酱油了,可事情就出在打酱油上。

丁武志爱人那天炒菜,酱油用完了,儿子自告奋勇要去打酱油,多余的钱店家给了一包方便面,谁也没有在意。

孩子回家把方便面拆开,看见里面有个小纸包。好奇心强的孩子捏着纸包对着灯光看了又看,也没看出里面装的是什么。他以为是有小纪念品呢,就张嘴咬了下去。啪的一声响,纸包里的东西突然迸进了眼睛,顿时火

烧一般,孩子捂着眼睛号叫起来……

打那以后,孩子再也不提打酱油的话了。他的一只眼睛,废了。

同时废掉的是丁武志爱人,无穷无尽的自责让她神经错乱,进了外省一家精神病院。

黄小宁这时想起来,这座城市,有家很出名的精神病院。

"每周,我会带儿子去看她!"丁武志笑一下,不再说话,很努力地吃那盘凉糕。黄小宁明明白白看见,有滴泪水从他脸上落了下来,也可能是汗。

泪水再多,终究汇不成一条河。

"你完全可以不带孩子去的,瞎了一只眼睛的孩子,加上一个神经病的妈妈,孩子心理的阴影,会更重。"

"阴影就阴影呗,只要家完整!"丁武志说,"残缺家庭的感情生活,你不懂的,就像这碗凉糕,相比市场卖的那种加了化学添加剂的凉糕,看着不透亮,口感却是原味的。"

"你的意思,家也需要原味的?"黄小宁问。

"是啊,真希望孩子妈妈早一天出院。"丁武志把盘里最后一点红糖水舔干净,无限神往地说,"那样我们就可以回家了。"

"他爱人那样子,只怕一辈子回不去老家了!"丁武志走后,有熟悉他的人跟黄小宁说。那个女人他们见过,每周一次,丁武志会带她来吃凉糕。女人是"文疯",不打人,不骂人,就是见不得孩子,尤其是五六岁的孩子,一见就哭着喊着往上扑。

五六岁,正是可以打酱油的年龄。

黄小宁眼里一瞬间有了泪。六岁,她出门打酱油,回到家,家里再也没了那个叫爸爸的人。

母亲趁她不在家,将父亲扫地出门。

原因再简单不过,虚荣的母亲,不喜欢只晓得腻着老婆孩子热炕头的父亲。

今天,是黄小宁父亲三周年忌日。父亲在世时,特别喜欢吃凉糕,这是黄小宁对父亲最原始的印象。母亲对父亲这个嗜好极为不屑,说那是穷家小户人才有的记忆。

穷家小户的记忆不好吗?有老味道萦绕的啊!

父亲,应该是关于家的记忆中最老的味道。

回不去的老家

刘正权

又一个烟头落在脚下,李成立叹了口气,余音绕梁的那种。

任谁都能看出,他是个有心事的男人。

一准是那种剪不断理还乱的愁绪。

牛一苗用眼角余光窥视李成立很久了。

李成立抽烟的架势、叹气的表情,都让她倾心不已。

有必要声明一下,牛一苗的倾心,无关风月,关乎风情。

是的,牛一苗在被称为湖北民俗民艺第一村的莫愁村写生,她的画板上,需要这么一个背井离乡的男人来做一点小小的点缀,这样才能照应村口那句宣传语——回到回不去的老家。

李成立身上那种不可为外人道的落寞,绝不是本地人所拥有的。

牛一苗猜对了。

只一半。

原因很简单,李成立已经起身向她走来,并对她说:"我给你当模特!"

牛一苗舌尖缩回去,那表情用四个字来形容再合适不过:瞠目结舌。

"那样你可以正大光明地画我!"李成立眉头斜挑了一下,有点玩世不恭,"费用不会很高。"

"不会很高是多高?"

李成立目光投向古戏台:"晚上请我看场戏。"

"费用确实不高,"牛一苗笑了,"戏是免费看的,不免费的是看戏时提供的茶水,这个费用很低。"

男人活到要女人请喝茶看戏的地步,回不去老家也在情在理了。

李成立伸出手,牛一苗没反应过来:"要茶钱? 这么迫不及待?"

"不要说你们搞艺术的人不抽烟。"

"呵呵,要烟抽啊!"牛一苗说,"我只有女士烟,抽得惯不?"

"习惯了不曾习惯的习惯,就是习惯!"李成立接过烟,点上,目光斜斜地抛向戏台。夜幕还没降临,戏台上空空如也。

"那坚持了不该坚持的坚持呢?"牛一苗歪着头接上一句。

李成立眼里刚燃起来的火苗,一下子暗淡下来。

暗淡好,牛一苗不需要一个精气神十足的男人在画面出现,她得让男人的精气神附在这雕梁画栋和殿堂轩榭中,否则怎么叫回得去的老家、留得住的浪漫呢?

随之暗淡下来的,是天色,夜的大幕落下,戏台的大幕开启。

三五人可做千军万马,六七步如行四海九州。

李成立显然是痴迷这种地方小剧种的,锣鼓声一响,他的魂就没了,直勾勾地盯着台上,似乎忘了他自己的要价——一碗茶。

茶上了,盖碗茶。

是一种上有盖、下有托、中有碗的茶具,又称三才碗,盖为天、托为地、碗为人。

"茶!"牛一苗冲李成立说。

李成立充耳不闻。

"你的要价!"牛一苗又说。

李成立置若罔闻。

啪！牛一苗手一松，茶碗应声掉在地上，碎了。

李成立吓一跳，回过神来："我还没喝呢。"

"那是你的事，我已经付出你的要价了。"

"有你这样的强盗逻辑吗？"

"你也承认我这是强盗逻辑，那你自己跟强盗行径有何区别？"牛一苗冷笑。

李成立一怔："你都知道了？"

"整个莫愁村都知道，你喜欢上了一个演戏的姑娘，可人家，是有家室的。"

李成立捧着脑袋，不吭声。

"把浪漫留下，回你的老家去吧！"牛一苗轻轻抚摸一把李成立的脑袋，"记住了，坚持了不该坚持的，不叫坚持，除非——"

"除非什么？"

"除非，你想自己一生跟这个茶碗一样，就此碎掉。"

李成立不语。

"知道三才碗里为啥盖为天、托为地、碗为人吗？"

"那是因为大丈夫活着，是要顶天立地？"

"嗯！"

李成立伸出手来。

"还要烟？"

"不，说再见！"

两只手握在一起，然后分开。李成立头也不回，大踏步走出古戏台！

牛一苗掏出速写本，寥寥几笔，勾勒出李成立坚毅的背影。只有浪子回头的步伐，才那样坚定。

谷 雨

吴卫华

农历三月十五谷雨那天早饭后,谷爷扛着样式老旧的木耧,赶着老黄牛走出家门。

其实老黄牛用不着谷爷赶,它的缰绳随便缠了几圈搭在脖子上,背上驮着半袋谷种,慢吞吞地走在谷爷前面,倒像领着谷爷走。

谷爷也不嫌它慢,跟着它慢慢走,还不时和它说着话:"老伙计,这个上午你要好好出把力,咱那块地全仗你了。"

老黄牛摇摇耳朵,轻轻哞一声,好像说:"那就看我的吧。"

一人一牛走出村去。

村头路边有棵合抱粗的泡桐,正是繁花满树,淡紫色的喇叭花一串一嘟噜地挂满枝头。田里稠密青绿的麦苗中,间或浓墨重彩地涂出一抹黄灿灿的油菜花。

老黄牛一看到田野,就抖擞起了精神,碎步小跑起来。

谷爷的长腿跟着它加快了摆速,木耧在谷爷肩上稳稳地扛着,须发皆白的谷爷笑骂老黄牛:"真是贱骨头,望见庄稼地就跑,这半年歇得你骨痒皮紧了吧。"

老黄牛斜穿过一片杨树林,走上右拐的田间小路。

小路上野草夹畔,它低下头用阔嘴啃了一口水灵灵的野草,嚼嚼,青青的汁液立时浸濡了它的舌头和口腔,它被这鲜美的味道陶醉了,又来了一口。

畦中的麦苗也许更好吃些,它的嘴伸向麦苗,刚想偷吃一口,紧跟在它后面的谷爷拍拍它的屁股说话了:"老伙计,那可不是你吃的。"

它的脸红了一下,谷爷没看到,但谷爷感觉到了。

它不再啃咬野草,踩着有些松软的小路径直走到了谷爷的地头,站住。

谷爷的这块地是春地,自去年秋天谷子收割到家后,这块地就闲置在这儿。谷雨前几天下了一场雨,雨水把土地浸润得经得住脚踩却又绵绵软软。

谷爷舍不得老黄牛干重活,老黄牛老了,哪还能干壮年光景的活。

昨天,谷爷让儿子开着拖拉机把这块一亩大的春地犁了一遍,又细细耙平。

儿子还要给谷爷找辆播种车,谷爷说不用不用,有我和老牛就行了。

儿子说牛都老得走不动了,也该卖了。

谷爷生气地说我也老了,你卖不卖。

儿子啼笑皆非,不敢再说卖牛的话。

谷爷放下木耧,从牛背上卸下谷种,把牛套进耧杆里,再把谷种倒进耧斗。

谷爷弯腰抓起一把田土在手里团团,土壤松软润湿,有着一股新鲜的土腥味。

谷爷赞叹般说:"好墒土!咱们开耧,驾。"

老黄牛听到谷爷的口令,立时低首奋蹄,顺着田畦不紧不慢不弯不扭地直走下去。

谷爷摇耧,到了地头,谷爷吁一声,牛就站住。谷爷扯扯右边缰绳,牛就右转,听谷爷说驾,就又顺着田畦往回直走。

老黄牛清清楚楚记得在它是头小牛犊时,总是把耧拉偏,身边就少不了

谷爷的儿子牵着它走直线。它不知道自己拉了多少年耧,只知道自己慢慢变老了,闭着眼也能走好直线。以前它有使不完的蛮力,别说拉耧了,就是拉着大铁犁铧,也能冲冲地直跑,身后泥浪翻滚。现在它不急着跑了,把劲使匀了,慢悠悠地向前拉,并得闲欣赏着四周的景物。

地边种着一排大杨树,青白水润的树皮老让它想啃一口,这么些年来,它从没有试着啃一口,因为树身上那些长长的大眼睛总是警惕地看着它。它曾绕到树后,想躲过前面的眼睛,可树后也有,那些充满了警惕的大眼睛布满了树身,仿佛看穿了它的心思。杨树上挂满了胡子,虽然已经过了杨柳絮儿无风自扬有风则漫天飞舞的时节,仍有些许杨絮儿黏附在杨胡子上,零星飘扬。一群体态丰盈的麻雀,在树上叽叽喳喳翘首乍翅地胡闹,它们是平原上最最常见的小无赖,善于拉帮结派,秋天在田间窃食,其他季节则游荡在村子里啄食残饭寻觅粮仓。老黄牛看看树上的麻雀,不明白这些小不点为什么能一天到晚那么喜庆。

谷爷摇了半晌耧,只觉臂酸腿沉遍身出汗,气喘吁吁地跟老黄牛说:"到地头歇了吧,看来咱们是真的老了。"

到了地头,谷爷给牛脱了套:"到那边卧一卧,套着这行头歇不舒服。"

老黄牛走出耧杆,就近卧在谷爷身边。

谷爷傍着老黄牛坐下:"我都七十整岁了,你跟了我二十年,咱们都老了,谁也别逞强把活一气干完。"

和牛坐在一起的谷爷,神情像头老牛,不知谷爷把自己当成了老牛,还是牛不知道它是头牛。他们一起回望着不远处的村庄,村庄嘉树成荫,村边农舍外有几株高大的桐树,淡紫色的喇叭花开得云蒸霞蔚。不知哪儿传来啄木鸟的啄树声……

早些年,李家泊盛产小米,家家种谷子。一马平川的庄稼地里,哪家也没有谷爷种出的谷子好。谷爷种的谷子,碾出的小米颗粒滚圆色泽金黄,熬出的小米粥更是糯软清香。

由于谷子的产量不高，近些年，很少有人种了，大多改种了高产的小麦。种谷子要留春地，肥沃沃的一块好地，一年只能收一季谷子，都认为可惜了。种麦子就不同，收了麦能接茬种玉米，一年两季收获。

谷爷不，谷爷认定了种谷子，要不谷爷怎么叫谷爷。谷爷说人不能太逼榨地了，得让它休养休养缓缓劲儿，那样才能长出好庄稼。

小米养人，老理儿了，都知道。乡下的老人要吃小米，小孩儿要吃小米，坐月子的产妇尤其要吃小米。产妇的公婆或父母，在她还未生产时，就早早备足了够吃一个月的小米，准备给她熬红糖小米粥，而这小米以谷爷种出的为上上品。那些米贩卖的多不纯正，连城里人也闻着讯儿来李家泊找谷爷买小米。

近年，李家泊大片种谷子的就剩谷爷一人了，今年，谷爷也仅种了一亩。谷爷老了，谷爷的牛也老了，不得不缩小种植面积。

谷子种上后，谷爷发觉老黄牛日渐慵懒不思饮食。

那天谷爷到牛棚里给牛添草加料，牛精神不振地卧着，只是看看谷爷，没有站起来的意思。

谷爷将两把黄豆和玉米撒拌在谷草里："起来看看，有你爱吃的黄豆呢。"

它勉强站起来，将头伸进槽里吃了几口就不吃了。

谷爷说："累着了？十年前一村的牲口中再没有你有力气的。"看到牛再次卧下，谷爷担忧起来，"伙计，你不是病了吧，我给你请个兽医看看。"

谷爷说去就去。兽医背着药箱跟着谷爷匆匆来了，围着牛看看，又跟谷爷说了些什么。牛听不懂，但牛知道它认识的这个背有点驼的兽医有个玻璃大针管，扎在身上会很疼。果然驼背兽医从药箱里取出了玻璃大针管，它条件反射地站起来，盯着兽医，做出了抵触的样子。

谷爷扳住它的曲角安慰说："伙计，别怕，扎一针病就好了。"

驼背兽医快速把针扎进它的身体里，它想跳开，不知是谷爷力气大挟制着它不能动,还是它身衰体弱,它只是扭了扭身子,表示了它微弱的反抗后,就放弃抵触任由驼背兽医摆布了。

驼背兽医走时跟谷爷说的一句话它听懂了,驼背兽医说:"它太老了。"

它这次真的病得不轻,神情越来越萎靡,老听见谷爷在它身边自责地说:"早知道你会累病,说什么也不会让你拉耧的。"

每次听谷爷这么说,它心里就会泛上许多难过,大眼怔怔地看着谷爷,心里说:"我老了,再不能帮你了。"

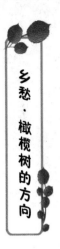

乡愁·橄榄树的方向

谷 子

吴卫华

谷雨后雨水渐丰，淅淅沥沥的小雨已经下了两天，老黄牛郁郁地卧在牛棚里，长久地望着青白的天空。院子里有几棵杨树，细雨洒在树叶上再汇成大点滴落到下层的叶片上，发出叭叭的声响。老黄牛很想在这清新的细雨中，走出村去看看田野。

谷爷的儿子来了，向正愁着牛病的谷爷说："兽医都说不能好，趁着它还活着还能走，牵到王屠牛那儿卖了吧，等死了再卖价钱就亏大了。"

谷爷看看儿子说："它还活着，我怎能忍心让王屠牛杀了它，死了再说吧。"

儿子说："它是一头牛，不是我爷爷。"

谷爷心里更觉郁闷，走到牛棚里去看牛。

牛依然病恹恹地卧着，痴望着牛棚外的雨雾。

谷爷明白牛的心思："想到外面走走？别急，等你好了咱们就到外面走走。"谷爷在心里问自己，"还能好吗？"

谷爷看了一会儿牛，从牛棚里出来，闷闷不乐地走出院子，他要再去问问兽医，他的牛还有得治没有。

儿子看着谷爷背着手走出院去，在后面紧着问他一句："这牛卖不卖？"

谷爷既没回头也没答声，只管背着手走出院去。

儿子就帮谷爷拿下主意，自语说："那我就把它牵走了。"

有几只俊黑的小燕子，在细雨中斜飞逸行，老黄牛更渴望到村外的田野上走走了。谷爷的儿子吆喝起老黄牛。它站了起来，虽然四肢虚软，却还能迈步。它跟在谷爷儿子的背后，前面的缰绳紧扯着，让它很不舒服，它的精神还是振奋了许多。它走出村去，烟雨蒙蒙中的田野清新异常，那些熟悉的气息和景色，悉数纳入它的鼻中和眼里，它是多么眷念贪恋这些啊。它一步挨一步地被谷爷的儿子牵扯着前行，出了村子，又不下地，一直走向村外，它想问问究竟到哪儿去，却虚弱得不想开口。前面谷爷儿子的双肩已给细雨洒湿，洇浸出老大两片，它恍惚觉得是谷爷在牵着它走，就很放心地随谷爷走下去。

村首路边那棵合抱粗的老桐树，装饰出一身繁花，在细雨中郁沉沉地看着它，用浓浓的香气告诉它："我在这儿给你送行。"

谷爷到了兽医家，说："你再去看看我的牛。"

兽医却拿出一瓶酒端出两碟小菜招呼谷爷说："来，老哥哥，喝两盅。"

谷爷说："你还是先去看看我的牛吧。"

兽医硬扯着谷爷坐下："它太老了，你不忍心杀了它，那就让它安静地了结生命吧。雨天没事，咱们喝几盅。"

谷爷就跟兽医喝了起来，说的仍是他的牛，说牛跟了他二十年，在它是头小牛犊时，就被买回了家，跟着他一块儿种谷子……

回家时已经微醺，雨也不下了。

牛棚里空荡荡地不见了牛，儿子却把一沓钱交给谷爷，谷爷有点惊慌地问儿子："牛呢？"

儿子说："卖给杀牛的了。"

谷爷越发惊慌："卖给谁了？"

儿子这才觉得事情不像他想得那么简单："卖给邻村王屠牛那儿了。"

谷爷转身向外就走，几乎小跑着出去。

谷爷急急走到邻村王屠牛那儿，远远就看见场地上横躺着一头牛，四肢直伸，地上一摊血迹，显然牛已经死了，边上还围着几个人。谷爷没敢近前，他认出那就是他的牛，牛睁着灰白的眼睛。谷爷不由老泪纵横，转身回走，边走边哭。

牛没后，谷爷一直郁郁不乐，还老觉得身乏体酸。地里的谷苗一茎挨一茎地钻出来，没多久就欣欣向荣成了一块青荡荡的好谷苗。

谷爷常常走到田里看他的谷子，有时会恍惚觉得老黄牛在他身前或身后慢吞吞地走着。

谷子秀出青茸茸的谷穗时，谷爷发现了一个大问题，那就是麻雀特别多，整个李家泊就谷爷这块谷地大，到时不知那些天性中喜欢谷粒的飞贼会怎样大肆窃掠他的谷粒。谷爷早早用前年的谷草绑扎了一个看谷佬，给它穿上自己穿旧了不要的褂子，并戴上一顶破草帽，还在它的两臂系下长长的红布条，然后把它插到谷地中央，背后看去，宛然就是谷爷站在地里看守庄稼。

给谷地里安置好看谷佬后，谷爷就病倒在了床上。谷爷躺在床上郁郁地想着他那一地的谷子，默默计算着日子，那些青茸茸的谷穗，这时节都应该长得粗壮沉实饱满了吧，那一地万头垂动的谷穗，应该长得像当年毛主席背着草帽穿着白衬衣走进的那块谷地那么喜人了吧。谷爷很想去地里看看他的谷子。

谷爷的儿子每次走来看他，他都要问儿子那些谷子怎么样了，儿子每次都说好得很。谷爷还是不放心，他知道在这个殷实的秋天，正是鸟儿无须忧虑饥饱的季节，尤其是那些贪吃的麻雀，它们会成群结队拉帮结派地飞落到谷地里，噪声惊人地劫掠谷粒。

谷爷等儿子再来看他时，郁郁地问儿子："那些贪吃的麻雀把谷子糟蹋成了什么样子？"

儿子安慰他说:"今年麻雀是多,但不知为什么,很少有落到我们谷地里偷吃的。谷子好得很,比往年都长得壮实饱满。"

谷爷虽然不大相信儿子的话,还是略觉放心地沉沉睡去……

谷爷做了一个梦,在梦中,谷爷像往常那样走向他的谷地。谷爷看到他的谷子果然如儿子说得那么好,沉甸甸的大谷穗低头交颈挤挤挨挨地布满田间。谷爷听见一地的谷子细碎地欢叫着:"谷爷,谷爷……"

谷爷心满意足地巡视着他的谷子,在谷地中央,谷爷看到了那个戴着破草帽挥着红布条的老人,谷爷紧紧握住老人的手说:"谢谢你把我的谷子照看得这么好。"

老人说:"这是你最后一次托我照看这些谷子,我也是最后一次给你看守它们了。"

谷爷和老人久久地站在谷地里,谷爷再次听见拥围在他四周的谷子发出细碎的欢呼声:"谷爷,谷爷……"

谷爷眼中流下泪来。

谷爷的病越来越重了,到收割谷子时,谷爷已经不行了,谷爷跟儿子说:"我去谷地里看过了,那些谷子真的很好。"

谷爷没等到谷子收割到家就走了。那年谷爷的谷子收成真的很好,旁人田里的谷子都被雀儿糟蹋得严重减产。原来,谷爷的儿子在谷子快成熟时,不辞辛苦地用红色塑料袋一兜兜将谷穗扎罩起来。

谷爷走后,谷爷的儿子就不种谷子了。谷爷的儿子对谷子不感兴趣。

私奔

程宪涛

老嘎达一宿没睡好。昨儿后半晌，村里来了蹦蹦戏班，在村里唱热场子——夏天唱戏是冷场子，冬天唱戏是热场子。

在村中老榆树下，笼了一堆篝火，艺人对南摆了桌子——桌子方位有讲究，面对正西方犯冲，是艺人唱戏的大忌——搭起了文武场子。二胡吱嘎一声吟唱，下装大辽河出场，几句响亮的唱诗头，赢得一阵阵喝彩声。随后下装粉芍药登台，仿佛春天盛开的花朵儿。百姓忘记了跺脚叫好，若不是大辽河提醒，似乎都冰镇住了一般。

拿单的小柴河忙上忙下，点戏的百姓不亦乐乎，戏班主唱的是《西厢》。蹦蹦戏有"四梁四柱"之说，《西厢》是小四套曲目之一。大辽河和粉芍药卖力，跳进跳出，出神入化，不仅自己化为戏中人物，也引导听众进了情境。戏散场后，百姓在火炕上"烙馅饼"，依然一下子难以入梦，甚至恍惚进了梦乡，看见张生和崔莺莺俩人在后花园私会。老嘎达梦见自己变成了红娘……

若不是半夜落雪，朵朵雪花绽放，唱戏还不能停止。

老嘎达一觉醒来，天已麻麻亮了，他直接奔了鸡窝儿。一只芦花鸡反常，数九寒天的，隔三岔五下鸡蛋，平添意外喜悦。回来瞄一眼里屋，炕上被子铺得整齐，摸摸已经冰凉。老嘎达心里忽腾一下，一下子冲到外面，把自

己变成下蛋母鸡,冲着村落前辽阔的雪野,大声叫起来:

"九丫儿!九丫儿!九丫儿!"

一夜之间大雪遍野,远山白茫茫一片,房子成了白头翁。老嘎达的声音跌进雪里,软绵绵的,化作虚无。村里二十余户人家静静的,仿佛大雪压住一样,烟囱里都没有炊烟。都是蹦蹦戏折腾的,家家都起来得迟了,都在炕头上猫着。

张家门被拍得山响。张老三披着羊皮袄,揉搓着眼屎埋怨道:"你敲错门啦!"

赵家门被一把推开。赵二虎和媳妇滚在炕上,一下子不知所措,赵二虎黑着脸吼。

孙家门被一脚踹开,孙二正在学着唱戏……

不到一袋烟的工夫,全村男女都集合了,听候德高望重的张爷派遣。全村男人撒出去了,到附近寻找九丫儿。

约莫两顿饭的光景,寻找的人陆续回来。

张老三说:"到西山的崖头下,挨个儿石头都摸了,寻到一堆羊骸骨,估摸是开春儿时节,钱家丢的那一只母羊。"

赵二虎说:"北山坡走过了,山坡上蹲着俩'张三'(村民对野狼的叫法)。狼饿得眼睛瓦蓝,肯定两天没有食物,不是咱人多势众,就要扑着咬过来了。"

孙二也赶回来说:"南边的乱坟岗子寻了,除了邱家坟上被黄皮子掏了洞,不见啥异常的动静。"

张爷问老嘎达:"寻思寻思九丫儿状况,昨晚听戏有啥反常?"

老嘎达抱了脑袋,蹲在雪地上使劲想,说:"听见里屋唱戏,开始以为大辽河,后来听出是九丫儿。九丫儿的嗓子透亮,有时俺也分辨不清。后来俺就迷迷糊糊,再没有听见啥动静,睁开眼睛不见人了。俺就这么一个儿子,他妈生他瘫痪了,俺一把屎一把尿拉扯,既当爹又当妈,俺担心养不住,就给

他起了个贱名儿九丫儿,这眼瞅着快成人了,一宿之间人却没影子了。"

孙二恍然大悟道:"咱们忘了一个地方,戏班子下处没找!"

张老三说:"昨晚黑戏班本想住下,但害怕下雪封山,还要赶下一场,所以唱完夜场,连夜就出山了。"

大家的目光都瞄着张爷,给张爷的目光带动着,投向了痛苦的老嘎达。

老嘎达放下双手,疑惑地看看这个、望望那个,眼神由绝望到希望,再由希望到失望,由失望变成绝望。

老嘎达忽然冲回屋子。

众人关注张爷举动,张爷不动大家不动。

片刻的工夫,老嘎达走出房子,似乎精神了许多,道:"俺媳妇说,九丫儿到他二姨家去了,是他妈吩咐了去的,这大雪泡天的,估摸着得过年回来了,让各位乡邻担心了!"

张爷听罢点点头,众人见张爷点头,似乎都懂了似的,都说:"那就散了吧,咱甭惦记了。"

张爷反剪双手回家,踩着雪嘎吱嘎吱响。孙二追了上来喊张爷,道:"张爷,你老早知道九丫儿去哪里了!"

张爷虎着脸色道:"胡扯,俺哪里知道? 可不能胡猜!"

晚上,老嘎达摸了五个鸡蛋,敲开了张爷家房门,道:"要不是你老遮掩,俺不知这戏咋唱下去,你老发现了九丫儿脚印,你老用鞋子底抹平了。"

张爷抽了一口烟,把烟雾吐了出来,道:"正经庄户人家呢,出去干这营生丢人,败坏了家风呢,咱村跟着没光彩。这在三教九流里属漂流行,比婊子还要低一等。你在街坊面前演得多好,俺还跟你搭一副架,唱一出戏给邻居看,把这事儿糊弄过去。这日子久了可咋办? 俗话说纸包不住火……九丫儿这会儿是崔莺莺了!"

杨八姐

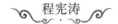
程宪涛

东北冬季农闲，躲家里叫猫冬。热乎乎的炕头上，人们围坐在火盆旁，嘴里叼着烟杆，吧嗒着嘴巴，吐着缕缕烟雾，道张家长李家短，东北话叫扯闲篇。入冬以来，主题是老嘎达、老嘎达儿子九丫儿。

老嘎达没闲着，手里拎着笤帚，摆出狰狞的神情，挨家门前晃。笤帚不是扫院落，而是握成了武器，好比壮士的杀威棒。

见到村人的诧异样，老嘎达主动表明动机，道："俺要扒了九丫儿的皮，俺就在这里等着，看他啥时回来。"

村人听罢表现各异，含蓄者摇头不语，却意味深长；直爽者点破玄机，道："九丫儿恐要过年回了。"

更有稍恶毒者断言，还要日落以后进村。——没有颜面的意思。

老嘎达无以应对，只能咬着牙把笤帚攥得更紧，维持自己的脸面。

村里来了货郎，除了卖针头线脑，还有油盐酱醋，等等。

村人探听外面状况。

货郎是个五十余岁的汉子，蓦然间睁大眼睛，神采也飞扬起来，唱了一句蹦蹦段子："三月里刚交是清明，桃杏花开柳条又发青，杨八姐小九妹二人前去游春。东京皇城雾沉沉，汴梁郊外景色新。"

周围大声叫好。

货郎道："大辽河班出了艺人，江湖送艺名杨八姐，那扮相如花儿，那嗓子像银铃儿，那舞姿春风摆柳，要多美有多美，百姓那个稀罕，场场爆满，场场返单，这戏班子火了辽北！"

于是村里换了主题，开始议论杨八姐。在漫长的冬季里，人们完全依靠想象，丰富了人物形象。杨八姐成了明星，成了寒冬的期待。被冷落的老嘎达，依旧在村里行走，手里握着道具，维护着残存的自尊。

某日，拉脚的车老板路过，带来一个重要信息：大辽河戏班在貂皮屯。

貂皮屯是辽北物流重镇，距离孤山后村几十里，翻山越岭要大半天。

村里委派了乡绅去，和戏班子班主接触，接戏班子来村唱戏。挨家挨户出份子。

乡绅后半夜返回，告诉村人，戏班子不来村。至于为啥不来村，没有个理由。

乡绅说，戏班子明晚在貂皮屯唱。

村里人奔走相告，大家相约一同看戏。

次日晌午后，除了走不动的老人和年幼的孩童，村里男男女女，走在夕阳映衬的山梁上，兴奋地遥相呼应着，就像一幅动感剪纸画。

戏台在屯中央，左近人都来看戏。墙头上蹲着，树上挂着，粪堆上站着……

老嘎达挤到了台子前，刚好众人在连连叫好。

随着一阵乐器响，杨八姐出场了。

老嘎达被冻住了一般，直愣愣盯着杨八姐。及至戏唱过一段落，老嘎达才回过神儿来，四处撒晡寻找家伙。

眼前是黑压压的人头，低头是黑压压的鞋子。

他拼命挤出了人群，奔到一棵矮树旁，用脚拼命踹树干。

旁边有人询问干啥。

老嘎达说找应手家伙。

又问寻家伙做啥。

老嘎达回应说:"俺打死杨八姐!"

周围人大声质问:"啥?"

哗啦啦围来一圈男人。

其中一个道:"你是潘仁美家的人,一定是奸臣的后代。"

一脚把老嘎达踹倒在地。

其他人一哄而上,拳脚相加。

这边的一阵骚乱,引来不知情者询问缘由。

人们大声质问:"还敢不敢打杨八姐?"

老嘎达在地上翻滚,赶紧连声讨饶,说:"再也不敢了! 杨八姐是俺姑奶奶。"

众人散开继续看戏。

杨八姐又登场了,英姿飒爽,女中豪杰。

老嘎达赶紧爬起来,偷偷寻了木棍,揣在怀里等着。

半夜时分散场,各村屯人聚拢回家。

这时人群后面起了骚乱,一男人追男孩子,男人手里举着木棍,孩子胆怯地四处躲闪。

有人询问:"这是咋啦?"

有人回答:"男人是孩子爹,在教训逆子,据说孩子不听话,不务正业,伤风败俗,败坏门风。"

立刻有人呼应道:"棒下出孝子,那是应该打。"

众人围拢了观看,起哄。男孩子抱着脑袋,在雪地上翻滚着。

老嘎达会同村人回家,手里依旧握着木棍,昂首挺胸的样子。

有邻居问询:"打啦?"

老嘎达豪气道:"不打不行!"

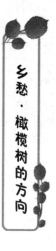

乡愁·橄榄树的方向

又有人问:"那结果呢?"

老嘎达嗫嚅道:"要是成杨八姐,俺就不敢打了!等着他下台再打,等过年回家后,俺打折他的腿,看他敢不敢跑了!"

黄老三的心愿

程宪涛
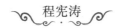

经过艰苦卓绝的努力,黄荣终于嫁给王柱。

但是黄老三放出狠话,王柱敢去唱蹦蹦戏,就打折王柱的狗腿!

这话像关在笼子里的狮子,在人耳鼓里横冲直撞。

王柱后脚没踏出村子,就被老丈人逮住了,像揪一只小鸡的翅膀。

阵势闹得很大,整个村子惊动了。男女老少看热闹。

王柱被摔倒在地上,包裹皮拆开来,里面是红裤黑袄粉扇,证据确凿不容辩驳。

有不怕事儿大的主儿,像鹅一样扯着脖子喊:"黄荣她爹,你说过啥来着,要是王柱去唱戏,动用你的家法呀!"

还有凑热闹的邻居,道:"这冰天雪地的,吐出的话就结冰,说出的话就成钉儿,咱可不能打诳语啊!"

箭在弦上,路边就是木栅栏,黄老三抬起一脚,踹断一根碗口粗的木棍,操在手里砸下去。

王柱"妈呀"一声叫,在雪地上翻滚。本来都是玩笑话,不料黄老三下狠手。

黄老三丢下木头棍子,丢下目瞪口呆的邻居,丢下鬼哭狼嚎的王柱,道:

"今后俺养着你！"

王柱就这样瘸了。

蹦蹦戏艺人有两种：四季青唱手，高粱红唱手。还有一句话："江湖在走。不走就不是江湖。"江湖艺人十分艰苦，翻山越岭风餐露宿。

王柱不能再行走，他规规矩矩做姑爷。

经常有这样的画面：黄荣一家走在田埂上，黄老三在前面走，黄荣妈跟在后面，接着是黄荣，最后是一瘸一拐的王柱。

王柱不会做农活儿。老丈人锄草一条垄时，王柱刚锄草到半截地；老丈人砍柴一车时，王柱半车都装不满，还会把手指割伤；老丈人挑一土篮子粪肥，王柱着一筐就气喘，捂着鼻子嫌弃粪肥臭。

老丈人——忍受着，谁让他打断了姑爷的腿！只要王柱干农活儿，不再沾染蹦蹦戏，只要守着黄荣过日子，干多少农活儿黄老三都认了。

为让王柱死了这条心，村子里蹦蹦戏班演出时，任凭窗外人声鼎沸、呼儿唤女、锣鼓喧天，黄老三禁止家人出门，大门闩上了，窗户锁上了，窗帘拉上了。丝丝缕缕月光透进来，细细微微的声音渗进来，就像羽毛撩拨耳眼儿，王柱心里痒痒。

黄老三的管教是有形的，王柱的抗拒是无声的。最不能让黄老三容忍的是，王柱不吃大葱大蒜。苦春头儿，青菜十分稀缺。苞米面饼就大葱蘸酱，在那个年代是美食。但是把酱和大葱端上来，把热腾腾的饼子端上来，黄老三看见王柱喉结蠕动，目光却坚定地瞥向别处。

黄老三问黄荣："为啥姑爷不吃大葱？"

黄荣吞吞吐吐搪塞。被逼得急了才说道："出气时有气味儿！唱蹦蹦戏坐下的病。"

黄老三拍案而起道："吃大葱大蒜就是味儿，一股清香味儿，一股辛辣味儿，一股土腥味儿。"

黄荣说："唱戏人有规矩，唱戏时不能熏到人，艺人的本分和忌讳。"

黄老三说:"俺就给他立规矩。"

那年代若吃豆腐,都得逢年过节。不年不节的日子,黄家做一道小葱拌豆腐。这道菜看似简单,却是东北地区名菜。小葱切成小段儿,豆腐切成块儿,适当放些调料,两者搅拌一起,品相食材,都有原始的风味。有一句谚语说:"小葱拌豆腐,一清二白。"

这么一盘菜上桌了,王柱的筷子绕过小葱。

黄老三为造势,夹起小葱时举起来,就像扬着一面旌旗,然后张大了嘴巴,把小葱豆腐关进嘴巴里,夸张地咬嚼起来,表情如痴如醉,仿佛享受满汉全席,受用了天下的美味。

似乎为与丈人作对,从这一顿饭开始,王柱拒绝所有辛辣,甚至把炝锅的蒜葱挑出来,在筷子上挑着绿叶,在丈人面前迎风招展,然后丢弃在一边儿。

两个人僵持了四十年。

黄老三七十三岁时躺在炕上,寿衣等穿戴上了,棺椁准备停当,儿子从千里外赶回来……

儿女们围在老人身边,老人就是不闭眼睛。

黄荣娘询问:"还有啥话?儿女们都在呢!"

老人睁着眼睛不语。

王柱挤上前跪下,道:"爹,俺给你唱一段吧!"

黄老三不点头不摇头。

王柱甩开黄荣的手,唱道:"王二姐泪涟涟,拔下金簪画圈圈,大圈画了三十六,小圈画了六十三,三十六六十三,孤的孤来单的单,二姐一见心好恼,扑了圈撅了簪,搬个梯子要上天,上天你为别的事,去打月下老混神仙……"

黄老三安然闭上了眼睛。

六 叔

于德北

有一次乘车路过老家——一个小小的火车站的名字,远远地看到一片红黄的谷子在夕阳里散着金光,内心突生感慨。我想起了一个人,我的六叔,他的面孔有点儿模糊,但模糊中又透着清晰。

早些年,从长春往北,慢车需停的小站很多。我能记住的是这些——小南、米沙子、老家、一间堡、沃皮。从沃皮再向北,我就记不住了。我每次回故乡,就在沃皮下火车。那里有我许多亲人,可时至今日,远离那里的人实在太多了。

六叔就是其中一个。

因为家里穷,除了大叔以外,他身下的几个叔叔结婚都晚,都是四十几岁了,才有女人肯嫁给他们。而且,我这几个婶子都是带孩子来的,进门就当家,把几个叔叔管制得服服帖帖。

六叔是上门女婿。关于六婶的情况我不太了解,只知道她和前夫有一个女孩。六叔和她结婚的时候,女儿已经上学了,据说对六叔还挺亲近。

六婶居住的村子在老家,离国道有几里地远。有一次,故乡的亲戚家办喜事,我和六叔都赶回去随礼。回来时,乘一辆汽车,快到老家客运站时,六叔指着隐约的房舍说:"就那里,要不到家里坐坐?"

因为着急回家，我没有下车，但那轻雾中的村道及牵系着六叔的那一丝温暖，却让我颇为心动。六叔的脸上有满足的笑意，多皱的眼角荡漾着条条的波纹。这些都是我小时候很难见到的。

如果因为六婶的存在，六叔的后半生能过得安稳而快乐，我的心里也会得到安慰。

我对六叔是有好感的。他平日里说话和气，对我这样比较淘气的小孩子也不呵斥。有时，我玩累了，趴在他屋里的火炕上睡着了，他都会拉过棉被帮我盖上，等到天大黑了，才背起我送到母亲那里，若是母亲不急，他就会说："让他睡我这儿吧。"六叔爱干净，他有一铺小炕。

那一年，我十二三岁的样子，第一次独自回故乡去看祖父。

虽然临行前对着父母说了一堆的豪言壮语，但是下了火车之后，浑身的毛孔一下子就全都炸开了。在玉米地开出的泥土路弯弯曲曲，四通八达，从火车上下来的原本就不多的几个人很快就被绿油油的青纱帐给吞没了，各自赶往自己的村落。

寂静的小路上渐渐地只剩下我一个人。

风的脚步在庄稼的缝隙间胡乱穿行，忽而紧，忽而慢，有意吓唬我一般，突然在我身后弄出怪异的声响。

我害怕极了。

路过邵家窝棚，我到临街的人家讨了一口水喝，我坐在村边的柳树下，貌似休息，实则是在期待一个同行的人。

可是没有。

我咬咬牙，继续赶路，想到一会儿要路过那座不知名的孤坟，然后，要路过村子的墓地——烂死岗子，我的头发都竖起来了，后背的冷汗凉丝丝地往腰窝里流。我后悔不听母亲的话，不让叔叔或者舅舅到火车站来接我；更后悔自己逞强，用尚未发育成熟的身体和心智充当勇敢者的墓志铭。

后悔又有什么用呢？我几乎是"目不旁视"地闭着眼睛直往前冲，一心

希望早早地冲到离村子不远的草甸上。那里是开阔地,有野花,有野草,一定也有放牛或者放马的人。到那时,一声呐喊,所有的惊惧就都烟消云散了。

"回来了?"一个平缓的声音直入耳廓。

先惊后喜,虽然高度紧张,我依然一下子就听出了是六叔。

"回来了。"

"你爸妈都挺好的?"

"挺好的。"

"好,好,你快回去吧,快吃晌午饭了。"

"六叔,你干啥去?"

"去沃皮。"

"六叔……"大概是自尊心在作怪,我原本想让六叔送我回去,可话到嘴边,又生生地给自己咽了回去。

"有啥事呀?"六叔问。

"没,没有。"为了掩饰自己的慌张与羞愧,我一弯腰,又猛走起来。我想,六叔一定是愣了片刻,然后又回身追上了我。

烂死岗子就在眼前。

六叔说:"忘了点儿东西。"

我的心一下子安稳了许多。

那一天,六叔一直陪我走到村头,见我进了村子,他才又摆摆手,再次折转身,匆匆地往沃皮去了。当时的我没有多想,甚至没有丝毫起疑——六叔忘了什么东西,忘了东西怎么又不取了呢?

现在我明白了,六叔哪里是忘了东西,他是看破了我的恐惧心理,一心送我回来的。

六叔啊,如果现在我和你说起这件事,你还能记得吗?

有兔子的田野

陈　毓

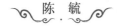

　　把李大尔从深沉的睡眠中唤醒的,是鹧鸪的叫声。深山闻鹧鸪。诗境回归日常,李大尔一时有些恍惚。他沉浸在久违的声色味气里,微闭眼睛,想把萦绕耳畔鼻尖皮肤上的复杂奥妙在心里再三盘桓,但在一片更切近的麻雀的蓬勃叫声中彻底清醒。他惊跳起来,环顾卧室,断定妻子早已起床离开。

　　李大尔的睡眠一向很浅,基本不用定闹钟,身体暗藏的生物钟自然会提醒他,但今天本想早起,却睡过头了。他一边急慌慌洗刷收拾,一边想,妻子早到田地里了吧。

　　李大尔赶到地头的时候,见一辆收割机已经开进麦田深处,收割机的后面,无边田野出现了一条整齐的麦茬带子。麦秸归麦秸,麦粒归麦粒,真是干净利落。李大尔看见他的妻子,此时站在田埂那棵老榆树下瞭望,真像画中人。

　　田野的景象使李大尔宽慰,那些镰刀收割、连枷打麦的景象再也见不到了,省下人力,省下时间。机器解放了人的身体,这使忙碌的收获季节人也能直直腰身,享受片刻闲暇。今年第一次不用弯腰弓背,躬耕陇亩,李大尔的妻子栗芬在收麦子的季节,在端午节前夕,额外多包了一篮粽子,把粽子

吊进地窖冷藏,嘱咐李大尔返城的时候带给公司的姑娘小伙子吃。栗芬还嘱咐李大尔,一定要说"是师娘用斛叶给你们包的红豆小米粽"。李大尔一边在心里笑栗芬小气,一边又觉得栗芬聪明,于是笑呵呵地说:"我不是他们的师傅,你咋就是师娘了?"

李大尔在城里注册了一家"乡村风物"文化旅游网站。李大尔说,像栗芬这样的庄户手艺人,未来都可能成为他签约的客户。比如栗芬手工包的粽子,完全可以进入物流,在网上出售,未来每个拥有物产、拥有手艺的人,既可以是买方,同时又是卖方。

李大尔回来帮妻子收割麦子,但今年机器第一次进入他们这个小山村,机器在一个早上轻松完成的活儿,以前李大尔要和妻子躬身田地前后一个星期。李大尔再次发现,眼下乡村人的思维方式、生活方式、贸易方式,都发生着几千年来未曾有过的巨变。李大尔觉得自己就是一棵站在山之巅的树,最早闻见风雨的味道。

虽然他不能了然未来,但不管承认不承认,变化已经发生,需要重新调整思维和行为方式。

李大尔站在田垄上,把外面的广大世界和自己拥有几亩麦田的小小村庄思索了一回。

机器收割解放出身体的李大尔待在家里成了闲人。他外表安静,内心里却翻江倒海。他看栗芬把机器脱出的麦粒晾晒在打麦场上,晾晒搅翻麦粒,让麦粒干得快晒得匀。李大尔熟悉的这个动作也让他恍惚,他像一个思想家,游弋在关乎未来的预测里。他看着绵延的麦田,画笔勾勒般的山岭,森林从高处铺展开来,在淡蓝的江水边停驻,如此田园景象,一辈辈生活在这里的人,对日子的快慢不发一言,就这样,一日日,浸没其间。

栗芬包的粽子还没等李大尔带回城,城里的姑娘小伙子却来了。端午放假,他们干脆随老板去乡下,说要看老板的旧居,回归田园,寻找乡愁。李大尔在心里哈哈大笑。在苹果树下支起的饭桌上,一顿饭的工夫,粽子所剩

寥寥。姑娘小伙子一律夸赞栗芬的手艺,姐姐长姐姐短地搂着栗芬自拍。逗得栗芬一时间心情豁亮,炫耀般地把能拿出来的好东西都招待了客人。

吃饱喝足,姑娘小伙子们说要去田野体验割麦子。

李大尔只能嘱咐,当心手指,当心碰破了腿脚。小伙子还稳重,争着看谁割麦更专业。栗芬只好拿来去年收起的镰刀,让他们体验。

几个姑娘的打扮哪像割麦,鞋跟实在太高,去麦地已很扭捏,却说成是要亲亲麦子。脚下一扭三歪,走不到几步就丢掉手上的镰刀,只在收割机收割过的地方做出各种夸张姿势,和麦田合影留念。小伙子呢,他们一小把一小把地抓麦子,割麦子,麦子割过,麦茬似乎比收割机收割过的还要高。李大尔想,从前这样的农民是不合格的。这一代人,哪怕他们户籍还是农民,但他们不会种庄稼了,也不爱土地了。

李大尔在这种差别中再次思考。

穿高跟鞋的姑娘出现在麦茬地不美,也不和谐。李大尔顺着栗芬的目光看,觉得姑娘们的短裙也不合适。

李大尔提醒自己,哪怕是带着批评的眼光看,也不合适,索性把目光从姑娘那里彻底撇开,但还是被一声惊呼吸引了目光。一个裙子更短,勉强盖住屁股尖的姑娘走进麦田,扭腰撅臀,做出各种陶醉表情,这还不够,大概为了体现亲近麦子,她竟然坐在了麦茬地上,麦茬不是草地,于是李大尔听到一声惊呼。

阳光太烈,短裙姑娘像一只在火炭上滋滋烤着的活虾。李大尔以为短裙姑娘会站起来,但她真是豁出去了,她太高兴,或者太没心机,竟然呼叫李大尔过去为她拍照。

李大尔眼看着栗芬的眼睛里长出一把刀子来,拒绝不是,迎上去更不是。正不知如何是好,突然一只兔子蹿出麦地,仓皇逃窜。

"抓兔子!"李大尔大喊一声,快速摆动起胖胳膊,完全是一副逮不住兔子不罢休的样子。

鸡啼声声里

王 往

一声鸡啼。

众星后退。村庄从露珠上升起。

卧室的门帘撩起。母亲起床了。

吱呀一声,堂屋的门开了。月光把银杏的枝条递进了门槛,在屋心铺上图案。

母亲走到屋外。暗红的梳子在发间滑动。

小黑狗从门旁的破篦篓里爬出来,伸了个懒腰,跑到母亲脚边,围着她转圈。

丝瓜的触须弯弯地探路,像细细的小黄鱼在水草间觅食。葡萄藤上倒挂着蜕了皮的蝉,尖尖的尾巴连着透亮的壳。

银杏枝头的白头翁打哈欠了,有一些小小的争论,轻轻地推挤,露珠啪嗒啪嗒地掉。

母亲的短发韭菜一样清秀。

母亲进屋,放下梳子。

勺子在缸沿碰出一声响,母亲往锅里添水。一只壁虎迅速地蹿上了屋梁。

灶膛里亮起火光,母亲的脸暖暖的,像正午的红月季。一只蟋蟀蹦到母亲的手臂上,晃了两下触须,又弹了出去。

炊烟拉近了天空与村庄的距离。

米粥的香味飘散开来,仿佛无数花瓣在轻舞飞扬。

母亲提了篮子,走向菜园。

长长的豆荚,像长长的辫子。紫色的花朵像发卡别在豆架。母亲卷起袖子,摘个不停。摘了豆荚,又摘黄瓜,摘茄子,摘西红柿,摘辣椒。红的花,白的花,紫的花,黄的花,簇拥着母亲。一时间,母亲年轻了,成了扑蝶的少女,月光带着她的影子在花丛游弋。

瓜菜躺在篮子里,让母亲的目光为它们摄影。母亲笑了:这么新鲜,带着露水,是市场上的抢手货。

母亲摘来几片宽大的芋头叶,给瓜菜盖上。小凳子放在一个篮子里,秤放在另一个篮子里。

小黑狗衔着扁担过来了,母亲拍拍它的头:"回家时,给你带一包骨头。"

母亲挑起担子试了试,青竹扁担吱呀呀地响。母亲又对小黑狗说:"好好看门。"小黑狗低低地"汪汪"两声,跳进了破簸箩。

母亲挑着担子刚要走,又站住了。

母亲走到儿子的窗前,轻轻敲着窗子:"孩子,饭在锅里,早点起来,吃了上学,别迟到了。"

没有回应。

鸡啼声响成一片,好像有什么不测的事要发生。月牙颤了一下,隐入了云彩。

母亲放下担子,又开了门,走到了儿子的房间。母亲的手捂到了儿子的脑门上……

"妈,妈,妈妈……"我叫着。没有回应,"妈妈"这个词语焊接了我的唇齿。

去抓母亲的手,却怎么也动弹不了。

醒来时,再听,那鸡啼声,原来是从农贸市场传来——我在广州,在异乡的床上;母亲在江苏,三千公里以外的乡村。

月光早已越过了窗口,碾过黑暗中的旧照片。

打开灯。

床头的茶几上放着一盒感冒药。

橄榄树的方向

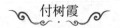
付树霞

"不要问我从哪里来,我的故乡在远方,为什么流浪,流浪远方。"

爷爷极喜欢这首名叫"橄榄树"的歌。五音不全,跑调严重的他,竟能把这首歌唱得感人肺腑。那天,爷爷在街头看到一个老艺人,穿着旧军装,在自弹自唱这首歌,他的歌声触痛了爷爷心底最柔软的地方。爷爷一个没忍住,跑过去和那位艺人肩挨肩一起唱了起来。唱完后,爷爷抹去眼角的泪,掏出口袋中所有的钱,放到那个艺人面前的陶罐里。

爷爷当过兵,打过仗。他的大腿根有一个弹孔,是打日本侵略者时留下的。提起那段历史,爷爷愤恨之中,夹带着一股子骄傲劲儿,仿佛那个让他一生伤痛的弹孔,是国家颁给他的勋章。

爷爷不顾腿上的伤痛,把房前屋后,后山坡上,甚至奶奶的坟前都栽上了橄榄树。

我考上中学那年,爷爷种植的橄榄树已是枝繁叶茂。中秋节那天,我看到爷爷摸索着橄榄树沟壑密布的树皮,沉默着。

院中的橄榄树,树干、树根和大地紧紧地连为一体。那种紧密相连的姿态,不断地延伸,回旋,直至树冠。让人想到来自灵魂深处的渴望,那种渴望让人战栗。

晚上，全家人围坐在橄榄树下，吃月饼，赏月亮。爷爷考我："不知你现在能背诵多少和月亮有关的诗？""很多啊。"扎着羊角辫的我，挺着胸脯自豪地答道。

我从唐朝李白的"举头望明月，低头思故乡"背到宋朝苏轼的"但愿人长久，千里共婵娟"，我还没有背完，爷爷已是老泪纵横。我知道此时此刻，爷爷在思念一个叫周庄的地方。

我小时候，有一回，爷爷带我去访友。途中，有不相识的城里人，听到我说话带有乡下口音，问我老家在哪。我理所应当地回道："恒春呀。"

那天晚上临睡前，爷爷把我叫到跟前，告诉我："咱的老家是周庄。"当时我反驳道："您说的不对。咱老家明明是恒春呀。我在这出生，在这长大，怎么会是周庄？我又不认识什么周庄。"

我不知道这话,怎么就惹得爷爷生气了,他扬起了手,做出要打我的样子。但看到我眼里的倔强,他缓缓地垂下了手臂,长叹一声,说道:"他乡成故乡,故乡成远方啊。怪我,怪我呀。"那时的我还不能理解爷爷话里的沧桑和悲凉。

那之后,爷爷总是有事没事的,把一个叫周庄的地方挂在嘴边。说那里的贞丰桥,说那里的万三蹄,说那里遍野的油菜花,说那里的阿婆茶。一桩桩,一件件,只要是他能记得的,能想起的,他都不遗余力地讲给我听。

渐渐地,年少的我,对爷爷的诉说充满了向往,向往能跟着爷爷去看一看,尝一尝,走一走,去抚摸一下周庄,去亲近一下周庄。

可爷爷终究没能回到周庄。爷爷去世前两年,得了糊涂病。他不认识自己的儿女了,一看见我,就拉着我的手直嚷嚷:"桂兰,桂兰,咱回家,回周庄。我带你回去,见见爹娘。"桂兰是我奶奶的名字,而奶奶早已入土为安了。

现在,我站在富安桥上,贪婪地看着周庄的船,周庄的水,周庄的黑瓦白墙。手持那张发黄的旧报纸,我找寻着一个叫三毛茶馆的地方。

"你在找什么?我来帮你。"干净清越的声音,穿越人群,直达我的耳际。转回头,那个穿着红格子衬衣的男子,一脸阳光的笑,晃了我的眼睛。

因为有了他,我顺利地找到了三毛茶馆。我把那张旧报纸摊开在茶馆主人张先生面前。激动不已的张先生亦拿出一张相同的报纸。报纸上登载着张先生的散文《三毛在周庄》。这张报纸,爷爷一直爱如珍宝地收藏着。只因他能从这张报纸上,得知周庄一点点的信息。

祭拜完祖先,和红格子男子挥别后,我飞回了台湾。我知道,我还会回周庄,这里有我的根,有他。

这应该也是橄榄树的喜悦。

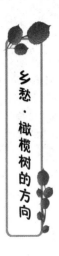

扶 贫

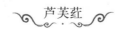

芦芙荭

郝老三给邻居家盖房时把腿摔残了。

郝老三腿残了,心也残了,啥也不干,家的地荒着,猪圈闲着,鸡舍空着,他呢,就村上乡上县上地跑着去告邻居的状。再没事了,就瘸着条腿像一只癞皮狗似的在村子里东游西荡的,四处混吃混喝。

按理说,这件事怪他自己。

那天,邻居家房子上房梁,他去帮忙,站在房梁上,他突然内急,见房后没人,就一撸裤子从房梁上往下尿。谁能想到就出事了,他的一泡尿浇出去,正好浇到了高压线上,他就从房梁上栽了下来。

郝老三的腿却摔残了。

出了这样的事,邻居光医药费就花去了上万元,可郝老三误工费、精神损失费等这费那费又算了一大堆。最关键的是,郝老三还算了一笔养老费。

他说他这腿一残,就干不了活了。以前,他干一天活儿,就能挣一百五十元。现在腿残了,再也没人找他干活儿了。这一天一百五十元,一个月是多少? 一年是多少? 后半生又是多少?

邻居本来没钱,这盖房的钱还是东拉西借,叫郝老三这一算,尿都夹不住了。

　　两人去找村主任说理，村主任也断不了这个官司，就把郝老三弄了个低保户，每月给一点儿低保钱，还帮他弄了一点儿扶贫款，又跑前跑后地帮郝老三办了个残疾证，每月也有一点儿钱。这样一来，这款那款的，郝老三每月也能领到不少的钱。村主任想，郝老三每月有了这些钱，再想办法挣一点儿钱，日子还是能过的，只要日子能过得去，他就不会再去告状了。

　　哪想，郝老三有了这些钱，状照样告，活儿就更不干了，整天就在新村里晃来晃去的，不是打牌就是喝酒。

　　村子里的人都搬到了移民新村，住上了小洋楼，只有郝老三还住在山里的老房里，日子是越过越穷。村主任就对郝老三说："老三呀，你看你这日子过的！找点轻松的事干着，攒点儿钱，到时我们村里再想想办法，也在新村里盖上两间房，到时搬下来住吧。"

　　郝老三一边打麻将一边说："哼，我腿都这样了，要盖村里给盖吧。"

　　村主任气得直摇头。

　　转眼到了第二年春天，郝老三依然如故，天天起了床就跑到移民新村，不是打麻将，就是在那儿和人扯闲话，到了晚上才回他的家。

　　有天晚上，郝老三从新村打完牌回来时，刚走到院门口，就听见院子里有什么声音。自从他残了腿，老婆和他离了婚后，这院子平时连个鬼影子都没有，这都大半夜了，是什么声音呢？他轻手轻脚地又往前走了几步，竖着耳朵一听，竟然是猪的叫声。

　　郝老三有些好奇，跑到猪圈边一看，果然看见有两头小猪正卧在猪圈里哼哼呢。

　　这两头小猪，大的有十来斤重，小的也有五六斤。郝老三"啰啰啰"地叫了几声，两个小家伙，竟然一颠一颠地跑到了他的面前，眯了眼定定地望着他。

　　郝老三见两头小猪肚子瘪瘪的，就赶紧跑回屋里将头天的剩饭用水拌了拌，端出来放进猪圈里，两个小家伙就咂咂咂地吃了起来。那短短的尾巴还一甩一甩的。

猪圈里平白地多了两头猪，郝老三心里既高兴又担心。高兴的是，没花一分钱，就有了两头猪；担心的是，怕丢猪的人找上门来。——管他呢，反正是猪自己跑上门来的，也不是我偷的。

第二天，天还没亮，两个小家伙就哼哼唧唧地叫了起来。沉寂的院子一下子就活泛了起来。郝老三赶紧起床，就提了篮子到屋后打了些猪草回来。

郝老三把剁碎的猪草往猪圈里一放，两个小家伙就抢着吃了起来，还时不时地抬起头眯着眼看郝老三一眼。猪眯着眼的样子就像是笑一样。

没想到这两头小猪的到来，一下子把郝老三这清汤寡水的日子给搅活了。两个小家伙哼哼唧唧地在他身边转来转去，就跟小孩子一样，时不时地还撒一下娇。小家伙似乎比昨天更胆大了，竟然伸着长长的嘴，在他的脚背上嗅来嗅去的。

郝老三觉得这日子一下子有意思了起来。

他不再去新村里转悠了，他去地里打猪草，抽空又把猪圈收拾收拾。他还将屋后那块荒了多时的地挖出来，种上了苜蓿。闲下来时，他就把两头小猪从圈里放出来，任它们在院子里撒欢。

过了一段时间，郝老三又去买了两只羊，还买了些小鸡回来，小鸡一放进院子，满院子都是叽叽喳喳的声音。小鸡们钻进草丛中，那些草就像是活了似的。

夏天来临时，屋后的苜蓿地开满了苜蓿花。

那时，那两头猪已长得很大了，肥嘟嘟的。他将两头猪从圈里放出来，又牵着两只羊去苜蓿地里放养。黑黑的猪、白白的羊在那块地里，简直就像是一幅画。

郝老三盘算着，等这两头猪和两只羊长大了，就去卖了，再买四头小猪、四只小羊回来。这样，要不了几年，这满山就都是他的猪和羊了。

新村的人好长时间都没见到郝老三，他们见了郝老三以前的那个邻居，

就问："这好长时间了,怎么没见郝老三来你家闹了呀?"

邻居想了想:"是呀,真是有好长时间没见郝老三了。他一个人住在原来那个地方,该不会有什么事吧?"

他们就去找村主任。村主任说:"要不,我们一起回那里去看看吧。"

村主任带着他们回到原来住的那个地方。

人还没走到郝老三院子,就听见从那里传来了郝老三的唱歌声,是他们常唱的山歌。等他们走到院子时,大家都惊呆了。

只见郝老三的院子里,好不热闹。歌声是从屋后的苜蓿地里传来的。郝老三躺在苜蓿花间,猪和羊围着他正在那里撒欢呢。

大家都惊叹,说:"这郝老三是怎么了呢,短短的时间就有这么大的变化?"

只有村主任站在那里,眯了眼一个劲儿地笑。

老货郎

薛培政

多年前,在鲁中太平镇上,货郎秦爷是一个有名的人物。

那时乡村物资匮乏,秦爷经营的针头线脑、顶针纽扣等物品,就成了乡亲们过日子的依赖。

秦爷是外乡人,说话有些蛮,几时来这镇子的,没人说得清。

也许是上了岁数的缘故,秦爷的经营方式有些不同。别的货郎多是游走四方,以收废铜烂铁、鸡毛畜骨等废品为业,他则长年固守着镇子,用针头线脑等物件换头发,赚些薄利为生。

货郎鼓他也极少用,喊一声"拿头发来换针使呕——",就把爱做针线的婆娘们的心撩拨得痒痒的。

听到吆喝了,左邻的大娘约上右舍的婶子,前院的嫂子拽上后院的小姑,三三两两,带上积攒的头发,说笑着朝老货郎走去。慈眉善目的秦爷,做起生意来似乎有些古板——虽说尽是老顾客,任凭婆娘们巧言令色,缠来缠去,却难多拿半根线头,以致那些脾气刁钻爱占小便宜,又未如愿的主儿便愤愤道:"老爷子,出来进去光光一根棍的主儿,攒钱留给鬼哩!"秦爷听了也不恼,抿嘴一笑就过了。

若遇上哪家分派孩童来换东西,秦爷却很当回事儿,给足给够不说,再

用纸包好,嘱咐孩子道:"乖,把东西拿好,回家交给你娘后,再出来玩哈。"

鳏居的秦爷稀罕孩子,摊点前那群吵吵嚷嚷的小顾客,总是好奇地东看看、西摸摸,他却很耐烦。那次,五福儿摆弄货郎鼓,一不留神掉在地上摔坏了,吓得当场就哭了起来。他爹正巧打此路过,气得顺手扇了他一耳光。谁料却把秦爷惹急了:"一个货郎鼓值当吗?下手没轻没重的,打坏了孩子咋办?"

没生意的时候,秦爷就爱拉《孔融让梨》《孟母三迁》等呱儿给孩子们听。听完了,再让其站成一排,对听话的孩子奖赏一把爆米花儿。每到这时,那一双双小眼睛都巴巴地望着呢,肚里的馋虫也不知搅动多少回了,可要吃上爆米花就得学好。乡邻们都夸老货郎有法儿,他抿嘴乐道:"好孩子要靠调教哩!"

善言善行的秦爷,在兴起"割尾巴"那年却遭了厄运。那天,只见公社"革委会"刘主任带领十多个民兵,来到货郎摊前,勒令秦爷道:"老货郎,你这搞的是投机倒把行为,俺们今天就是来割你这资本主义尾巴的,命你立马交出东西,回乡参加集体劳动。"

秦爷一看这架势,吓得一屁股坐在地上哭开了。就在刘主任指挥民兵强行将他架上拖拉机准备遣返原籍时,三奶奶出现了。

三奶奶是镇上第一任"妇救会"主任,响当当的支前模范,在镇上颇受尊重,说话比公社那些头头脑脑都管用。

"你们一大群人,欺负他一个孤老头子,这是行的哪门子法啊?"三奶奶厉声责备道。

"他搞投机倒把,是复辟资本主义,我们就是要割掉他的尾巴!"有个不识相的民兵顶撞了她一句,竟被刘主任狠狠地白了一眼。

"不就是卖个针头线脑吗?还能翻天不成?把他撵走了,咱镇子上家家户户缝缝补补,找谁买针线去?"看三奶奶动真儿,刘主任讪讪地带人离开了。

怕再有人难为秦爷,三奶奶就将自家临街的偏房让给他住,愣是把他保护了起来。

就连秦爷缝补浆洗的活儿,三奶奶也全包揽了。闲暇时,老姐弟俩就坐

在院中唠嗑儿。三奶奶说她当年领着镇上妇女做军鞋、筹军粮，就不知道啥叫累。秦爷说他参加儿童团，在村头放哨，给武工队送信，也不晓得啥叫怕。末了，俩人都说："那还不是为了让咱老百姓能过上好光景呗！"

秦爷虽说零钱不断，平常生活却极为简朴，一天就吃两顿饭，每天就是白水煮面条或开水泡面馍。除了偶尔煮个鸡蛋，肉很少吃，蔬菜吃得也少。

每逢见他用开水泡面馍，三奶奶便嗔怪道："都这个岁数了，也不知省啥哩！"

镇子里的人也都知老货郎抠门儿，对别人抠，对自己也抠，哪知他济危救难，却一点儿也不吝啬。

有年春上，镇东头儿春晓娘突患急症，肚子疼得在地上翻来滚去，公社卫生院不敢接收，让赶紧转往县医院。

那时各家都紧巴，春晓借了半条街，仅借到十元钱。正当他愁得抱头痛哭时，秦爷闻讯赶来了，将手拎的布兜塞给春晓道："赶紧拿上，往县医院送人！"

春晓就像见了救星，边磕头边说："爷啊，这是多少钱？给俺说个数，以后好还您！"

"你个棒槌啊，都到这份儿上了，还问多少钱干吗？救人要紧啊！"事后，镇子上的人说，多亏老货郎相助，才夺回春晓娘一命。

光阴轮转。那年麦收前，善良的三奶奶先走了，秦爷因悲伤过度病了好一阵子。等痊愈后，人们就发现他说话不着调了，一会儿说"三嫂别走恁快，等等俺老秦哪"，一会儿又说"该回去看看了，这把老骨头就是化成灰，也要埋在老家的土地上"。

此后不久，秦爷就离开了太平镇，就像他何时来的一样，几时走的也没人发觉。等到人们没见他出摊，再去临街的那间房寻找时，门已经落锁了。

那几天，下地劳作回来的人们也在议论："这不年不节的，三奶奶坟前哪来的那满地飞舞的纸钱呢？"

乡 情

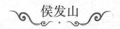

侯发山

这是多年前的事儿了。

在我们老家,每到年关,最忙活的一件事要算蒸馍了。蒸豆沙包,蒸糖包,蒸菜包,蒸油卷,蒸小糕……除了自家吃以外,更多的是招待宾朋及走亲戚。若是过年去老丈人家,还要蒸大油糕,富裕一点儿的人家,一个蒸糕能蒸到二十多斤,再不宽裕的人家,一个也下不了十斤。这就是说,蒸的馍不但数量多,而且个头大,蒸馍时就要用大号的蒸笼。有多大?下面烧水的锅跟杀猪锅一般大,你就可以想象笼和笼箅有多大了。农村有句俗话,有钱不置半年闲。说的是农村人居家过日子,不能置办一年时间里闲置半年的东西。那年月,也不是家家户户都置办得起这么大号的蒸笼的。

我们村,只有王大爷家有一套大号的蒸笼。王大爷是个好人,乐意把蒸笼借给大伙儿用,还经常打扫村里的道路。听娘说,都是义务的。村里穷,没钱,想给也给不了。

祭罢灶王爷,家家户户便开始借笼蒸馍。蒸得早了,怕馊了;蒸得晚了,怕忙不过来,也怕借不到蒸笼。其实,我们村只有二十多户人家,一家蒸馍的时间按三个小时计算,从腊月二十三开始,来得及。那几天,村子里一天到晚充盈着蒸馍特有的味道,升腾着越来越浓的年的气息。

也不是白借，归还时除了把自家蒸的馍每样给王大爷送两个，还要把腊肉什么的年货顺便送一点儿。我记得，有一年，爹还让我给王大爷送了一瓶酒。送的东西还不能放在外面让王大爷看到，要放在锅里面，用笼盖罩上。王大爷孤身一人，送的蒸馍多了，他一时半会儿也吃不完，晾晒干后存放起来，再吃时，馏一下就可以了。听娘说，每年，光蒸馍王大爷都能吃上好几个月。

那时，我还小。除了跟着哥哥到王大爷家里借蒸笼外，蒸馍时负责烧火，往灶里送柴火，看着火苗贪婪地舔着黑乎乎的锅底，闻着蒸笼里冒出的丝丝馍香，这在寒冷的冬天是再惬意不过了。最主要的，每一笼蒸完，还能享用到粘在笼布上的馍底渣渣。

这一年，我一个人到王大爷家里借笼。哥哥当上了村里的支书，家里见不到他的影子了。有一次，娘还恨恨地说："你哥卖给村里了。"我还傻愣愣地问娘："卖了多少钱？"娘将了一下我的头，笑了。

我去的时候，对联已经贴好，王大爷正在欣赏呢。上联：百世岁月当代好；下联：千古江山今朝新。横批：万象更新。

看到我，王大爷说："又是借蒸笼的吧？不借！"

这时候，我注意到，王大爷跟往年不一样，穿得也新，胡子也刮了，头发也剃了，一脸红光，精神着呢。

"不借？"我追问了一句。

王大爷挤眉弄眼地说："回去问问你哥就知道了，我要谢谢他哩，还有你爹……来，吃糖。"说罢，他从口袋里掏出几颗糖给我。我犹豫了一下，一看是大白兔奶糖，就接下了。

难道是哥哥得罪了王大爷？可他怎么还要谢哥哥呢？我一边往回走一边想，怎么想也想不明白。

娘见我失望而归，恍然说道："你瞧我这记性……"随后，从厨房的角落里拉出一套蒸笼来。

我傻乎乎地说:"娘,这新崭崭的,不像是王大爷家里的啊?"

娘说:"咱家的,买来好多年了。"

我还是不明白:"那咋年年还借王大爷家里的? 咱不舍得用?"

娘说:"真是傻孩子,若是用咱家的,你王大爷咋过年啊?"娘还说,其实村里不少人家都置办了,一直没有拿出来使用。

我越发糊涂了:"今年王大爷咋过? 他还说要谢我爹谢我哥呢。"

娘说:"你爹当支书的时候,悄悄动员村里人给兑了一点儿钱,用这钱买了一套蒸笼送给你王大爷,说是上级救济他的。你王大爷也不傻,没啥报答的,就天天扫大路去……你哥去年把村委会的房子收拾了一下,办起了养老院,把你王大爷和几个孤寡老人接了进去,今年都在养老院过年呢。"

我似懂非懂地点了点头。

画　皮

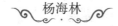

杨海林

　　我小的时候生活在一个叫三坝的小村,那里总共几十户人家,两三百口人。"文化大革命"的时候,村里要抓一个阶级斗争典型,开会讨论了几天,总是确定不下人选——这个村几代人都是土里刨食的主,肚皮尚且恓惶,哪有心思管别的事?

　　但这样的政治任务在当时来说是头等大事,完不成肯定不行。

　　看到村干部犯了难,蒋三爷自告奋勇:"别人有妻儿老小,我光棍儿一条——还是我来吧。"

　　有人愿意背这个锅,村干部当然大喜过望,于是急忙往乡里汇报。

　　不久乡里就派来了专门的调查组,里里外外一分析,蒋三爷还真是个有问题的人——解放前有一段时间他去了上海!

　　按照时间推算,蒋三爷去上海时二十六岁,正是一身好力气的时候。

　　他去干了什么呢?

　　村里人都知道蒋三爷去上海的原因是他打死了一个恶霸——这事他在忆苦思甜大会上没少说——而他到上海后干了些什么,却一直没有人探询。

　　调查组的人去蒋三爷家了解情况,很快,他们就找到了自己需要的蛛丝马迹——大热的天,蒋三爷总是穿着长袖的罩衫,袖口儿必定用皮筋束得紧

紧的。

难道他的手腕上有什么秘密？

捋起来看，果然有一块亮亮的疤！

不知道用了什么手段，调查组的人很快弄清了蒋三爷保守了几十年的秘密：他在上海的时候加入了青帮，那块疤下面，原来有青帮刺下的文身！

这个结论可不是调查组的人随意得出的，因为手腕上的文身虽然被疤痕遮盖了，可是蒋三爷的后背上还留有一整块的文身。刺的是关云长一手捋须、一手提青龙偃月刀，侧身跨赤兔马的《忠义千秋图》。

因为后背上的这张"画皮"，蒋三爷一下子成了这次运动的典型，要在乡里认认真真地开一次批判会，再被送到县里的监狱。

到开批判会的那一天，村里特意放了假，让大家都去现场接受教育。

以前类似的会议是很少有人愿意去的，但是这次不同，全村几乎没有一个人落下，大家都想亲眼看一看蒋三爷后背上的"画皮"。遗憾的是那天蒋三爷还是穿了长袖的罩衫，袖口儿用皮筋束得紧紧的。

什么也没看到，村里人由原来的同情和好奇一下子变成了愤怒，有几个甚至想冲上去扯掉蒋三爷的罩衫。只是因为有荷枪实弹的士兵在，大家才不敢造次。

蒋三爷在牢里待了许多年，当他出狱的时候，我已经结了婚生了子。

蒋三爷和我是邻居，关系又极好，他来逗弄我孩子的时候，我有时会问他画皮的事。

"我那时在上海滩遇到一个文身的先生，他的手艺极好，最拿手的是《忠义千秋图》：关羽攒眉瞪眼，三绺长髯却又飘逸灵动——可谓一紧一松张弛有度。

"青帮的很多人都在后背上刺下这幅图，可那些都是亡命之徒，很难说他们能活多久。这个先生临死的时候，不忍心那么好的手艺消失，于是就把《忠义千秋图》在我的后背上刺了下来。"

听蒋三爷这么一说,我更想看看他后背上的画皮了。

可是蒋三爷不给看。

蒋三爷从来不去村里的浴室洗澡,每天晚上,他都喜欢用我们不认识的药材泡好一木桶水,然后整个人坐进去。

我曾经问过他,他说这是防止自己的皮肤老化损坏了后背上的画皮。

蒋三爷的本家侄子是一个有本事的人,人家在城里做了大事,后来把蒋三爷也接到城里去了。

城里可不像我们农村,蒋三爷每天一把澡的习惯只好去浴室里进行了。

浴室里也会有一些文了身的人,所以起先没有人留意他。

但是后来,只要蒋三爷一去洗澡,浴室的伙计就会偷偷地打电话。

他的身后就会多一个戴眼镜的年轻人。

蒋三爷知道那年轻人在偷偷地观察自己,不知怎的,他竟然又回到了村子里来。

我到报社上班的第二年,蒋三爷死了。

那个戴眼镜的年轻人找了过来,想买下蒋三爷后背的画皮。

经不住软磨硬泡和大价钱的诱惑,蒋三爷的本家侄子同意了。

植皮医生被请来,他掀起了蒋三爷的罩衫。

光光的脊背上什么也没有。

不会吧?那个戴眼镜的年轻人又伸过头来瞧。

真的,蒋三爷光溜溜的脊背上什么也没有。

喝晃汤

江　岸

　　无论如何,大过年的,总得让老婆、孩子高高兴兴吃上一顿猪肉,一家人总得围在一起热热闹闹包一次饺子!

　　可是,有一年,快过年了,周全明还没有想好,怎样弄到过年要吃的那几斤猪肉。

　　大概有十多年了吧,周全明家过年就没有杀过年猪。黄泥湾这十几户人家,虽然不是家家户户每年都杀年猪,但多数家庭隔个三年两载也要杀一头。整个湾子十多年没杀过年猪的,只有周全明一家。他上有偏瘫老娘,下有六七个嗷嗷待哺的孩子,仅凭他和老婆两人在生产队挣工分,粮食都不够吃,还能吃猪肉? 如果不是生产队照顾缺粮户,允许他家向集体借粮,他家每年都会饿半年肚皮的。

　　好在黄泥湾有一个世辈传下来的好习惯,没有杀年猪的人家,可以向杀年猪的人家赊一块肉来吃,等到自己家杀年猪了,再还上就是了。

　　每年,当周全明点头哈腰地从别人手里接过称好的猪肉时,总是满面笑容地说:"今年吃你家的,明年吃我家的。"

　　这句话被他重复说了十多年,但是他家的猪肉什么时候能吃上,还是一个未知数。

后来，他再开口赊肉的时候，要么热脸贴了人家的凉屁股，人家干脆不理睬他；要么他赊五斤，人家只肯给三斤，而且还是猪后裆处的囊膪。

周全明几乎欠了整个湾子所有人家的猪肉，今年找谁借呢？找谁借，都难以启齿。

周全明到姐姐家串门，姐姐不忍心，悄悄塞给他五元钱，对他说："你到公社食品站去买几斤猪肉，给孩子们过年吃吧。"

周全明攥紧五元钱，手心里汗津津的，走到食品站的时候，竟将一张钞票都捂湿了。食品站却排着一个长龙似的买肉的队伍，他只好站在队尾，焦急地看着案板上的半扇猪肉被一点点肢解，一点点被人买走。

突然，一个年轻人径直走到肉案前，也不言语，卖肉的赵师傅却挥刀砍下一大块好肉，递给年轻人。

"我们排半天队了，凭什么他不排队？"

"还讲不讲先来后到……"

人群里响起纷乱的抗议声。

赵师傅"叭"的一声把刀砍在肉案上，双手往腰间围裙上一叉，傲慢地说："他是我儿子。谁喊我一声爹，我也给他砍一块肉！"

大家顿时沉默下来。

周全明慢慢走到肉案前，对着赵师傅清晰地喊了一声："爹！"

赵师傅愣了，所有等待买肉的人都愣了。

周全明不由分说，从肉案上拔起刀，三刀五刀下去，砍下一大块好肉，拎起来，大步流星地走了。

分田到户那一年，周全明家田地分得多，打下的粮食堆积如山。他家不仅能吃饱饭了，而且过年要杀年猪了！

黄泥湾人把猪血叫作猪晃子，杀了年猪，往往要开一两桌席面，把每家家长请来坐席，俗称喝晃汤。席上的主菜就是猪肉、猪肠、猪心肺、猪血放在一起的乱炖，就是晃汤。另外还要给每家每户送一海碗炖好的晃汤。这种杂烩之所以不叫别的名字，而叫晃汤，可能和猪血最廉价有关。这应该是一个乡间的谦辞。

周全明家终于杀了年猪，也请来了众乡邻喝晃汤。全湾子的狗都挤了进来，在桌子底下打架，争啃人们丢下的骨头。

酒至半酣，有人笑道："老周，你家的猪拱进萝卜地里了吗？"

还有一个更促狭的人，竟然抱起自己家的狗，对着席面说："睁开你的狗眼看看，这桌子上还有什么？够不够人吃的？你们还想抢？"

虽然是开玩笑，但周全明的脸立马红到了耳根儿。他讪笑着，支支吾吾地说："俺家欠大伙儿十多年的肉账呢，还清以后，一头猪就剩下头、蹄和下水了——明年一定让大家吃个痛快，保证一块萝卜不放，全炖好肉！"

"你还让我们等到明年？我看见你家厨房里还挂着一块好肉呢，怎么不炖上？肯定是留到过年自己吃的吧！"有人不依不饶。

周全明解释道："这块肉，是留下来还给公社食品站卖肉的赵师傅的。"

赵师傅已经退休了。当周全明敲开他家大门时，他问："你找谁？有事吗？"

周全明毕恭毕敬地说："我是黄泥湾的周全明，今天专门过来还几年前借您的猪肉。"说着，双手递过猪肉，深深鞠了一躬，转身走了。

赵师傅接过沉甸甸的猪肉，死活想不起来周全明是谁，更想不起来自己何时借给他这么一大块猪肉。

慢　人

包兴桐

不知为什么，村里有一些人总是让我们害怕。阿法公的咳嗽让我们害怕，阿理太的拐杖让我们害怕，护林德的嗓门让我们害怕，泥水勇的胡须让我们害怕，阿春婆的香气让我们害怕，阿听的笑也让我们害怕。我们远远地看着他们走来，就会四散逃开。

后来，我们发现，我们原来还害怕慢人。我们说不出为什么会害怕慢人。慢人慢手慢脚地做事，慢慢地说话，慢慢地看人，应该是很乖顺的样子啊。可是，我们发现我们还是害怕慢人。我们不远不近就隔着那么一点距离看着慢人慢手慢脚地做事，慢慢地说话，慢慢地看人，就像既新奇又有点紧张地跟着一个到村里来收购牙膏皮鸡肫皮的货郎。大人说，这些货郎顺便也收小孩子。

说到慢人，笑话可就多了。他转个身，太阳都升高了一尺；他吃个饭，老鼠也都吃饱了；他起个床，就是死人也差不多活了；他拉个屎，就像女人生孩子；他出个门，跟个老姑娘出嫁似的。早上，等他扛着锄头走到地里，太阳都已经爬到头上了；等他抡起锄头想再来一下，地里的草差不多把番薯都抬走了；等他躺在树荫下想爬起来再干一会儿活儿，鸟儿都已经落在树上，蝙蝠都已经出洞，人们都已经收工了。一句话，慢人真是慢啊。

慢人那个慢啊，真叫人揪心。他看人，就那么眼睛眨也不眨地盯着你慢慢看，像一只刚从亲戚家里要来的小狗，充满亲近又充满警惕地盯着你。他好像只有把你的脸一寸一寸地看仔细了，眼珠才能转得过来，才能接着看别的东西。他到地里锄个草翻个地种棵瓜什么的，那锄头好像是粘在泥里似的半天都抡不起来，他要慢慢地先看一通锄头旁边的那一块地；锄头抡到半空却停在那儿半天落不下去，他要先抬头看看投下他影子的太阳然后顺便看看天上的云往四周看看吹动他衣角裤角的风然后盯着远处一棵树看看把叫声传到他耳朵里的鸟儿，最后他那停在半空中的锄头才如梦初醒似的落了下去，但好像又忘了使力气了。慢人的慢手慢脚，看多了也就顺眼了，就觉得他那样慢手慢脚地种地砍柴，就像女人绣花、仙人下棋、秀才做文章、道士念经、花旦哭丧，慢是慢了点，但好像也只能这样。

奇怪的是，慢人虽然慢手慢脚的，但他日子过得好好的，没有饿着也没有冻着，他的老婆孩子也过得体体面面。后来，不知道怎么的，慢人的眼睛就瞎了。大家都说，这下糟糕了，本来就慢手慢脚的慢人这下糟糕了。没想到的是，看不见东西的慢人却能方方便便地走到地里种地拔草，能方方便便地走家串户，能方方便便地认出村里的每一个人，手脚好像比眼睛没瞎还要利索。奇怪的还有我们。慢人瞎了眼后，我们倒不怕他了。看他坐在院墙上，我们就会凑过去挨着他，问他一些有趣的事。我们知道，村里的很多事，村主任都来问他。村主任也像我们一样凑过去挨着他，问他明天会是什么天气了，什么时候可以收割稻子了，什么时候番薯窖可以开洞了。

马哈的恋爱史

李伶伶

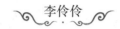

马哈赶着羊群去山上放羊的时候,村里人也陆续去地里干活儿了。

人们看到马哈会跟他打声招呼,然后意味深长地笑一下。

马哈知道他们笑什么,但是他不在意——他跟柳梅是清白的。俩人虽然在一座山上放羊,却是一个在山上,一个在山下,根本就没怎么说过话。流言是怎么出来的,他也不知道。

去山上要路过柳梅家的地,他还没走到柳梅家地头,就听见有人问柳梅:"柳梅,你今天怎么没去放羊啊?"

他以为会听到柳梅一顿好骂,没想到柳梅没有任何回答。

马哈走到柳梅家地头时,看见柳梅正站在地里哭,泪水无声地从她眼里流出,马哈心里莫名地动了一下。流言传得最热闹的时候他对柳梅都没有任何感觉,这一刻,不知为什么,内心深处的坚硬像春天河面上的冰,哗啦一声,塌了。

他很想把柳梅抱在怀里,但是他没有。他只是走过去,跟柳梅说了声对不起。柳梅反而哭得更凶了。马哈有点儿慌,不知道该怎么办。

马哈说:"刚才是谁跟你说话?我去找他算账!"

柳梅看了马哈一眼,没说话。

过了一会儿，柳梅止住眼泪说："我没事了，你走吧。"

马哈说："你真没事了？"

柳梅没回答，转身去地里干活儿了。

那天，马哈在山上放羊，脑子里想的都是柳梅。柳梅的眼泪把他整个人都打湿了，因为他从没见过女人这样流眼泪。

菊英就从来不流眼泪。他跟菊英第一次见面，就被菊英的强悍震住了。

那天他们相完亲，菊英不想回家，想去赶大集。集市离他们相亲的地方有十多里，介绍人让马哈骑自行车驮菊英去，顺便接触一下，以增进彼此的感情。马哈驮着菊英去赶集，一路把车子骑得飞快，过一个沟时不小心把菊英颠得掉在地上他也不知道，骑到集上才发现菊英不在，又回去找她。

找到菊英，刚想说句对不起，菊英一拳打在他胸口上，然后冲他吼："你怎么骑车的？人丢了都不知道！"

马哈回到家跟娘说："我不想跟菊英结婚。"

娘说："你没有资格说这话，只能菊英不同意咱，不能咱不同意菊英。咱家这条件，哪个姑娘敢来，咱就得高看她一眼。"

马哈不说话了。爹去世得早，娘一个人把他和弟弟妹妹拉扯大不容易。

就这样，马哈跟菊英结了婚。婚后，菊英就连对家里的猪鸡鸭狗都大喊大叫的。有时候他甚至觉得，菊英可能生错了性别。

那天晚上，马哈头一次没睡着觉，脑子里想的都是柳梅。

第二天他去山上放羊时，把羊扔在山上就走了。

他去了柳梅家的地里。柳梅正在地里拔草，他也帮柳梅拔草。

柳梅说："你干啥呢？"

马哈说："你歇着，我帮你干。"

柳梅笑了。

以后柳梅去哪块地，他就跟到哪块地，柳梅干啥他就帮着干啥。

菊英知道后，跟他大吵大闹也没能阻止他帮柳梅干活儿。

柳梅的丈夫孙二知道后,又找马哈打了一架。流言刚起时,他就找马哈打过一架,没打过马哈。这次又没打过。

孙二打不过马哈就打柳梅,柳梅从此经常挨打。

一天柳梅跟马哈说:"我不想跟孙二过了,咱们私奔吧!"

马哈愣了一下,他喜欢跟柳梅在一起,但是还没想过跟她私奔。

柳梅说:"我受够了孙二,一天也不想跟他过下去了!"

马哈听后,心里疼了一下。

马哈说:"好,我们私奔。"

那天早上天不亮,马哈拿了几件衣服又拿了点儿钱,跟柳梅一起走了。

俩人赶到火车站时,天已经大亮了。

马哈买好了去南方的车票,看看时间还有两个小时才开车,就跟柳梅说:"我先去趟厕所,然后咱们去吃饭。"

柳梅说:"行,我等你。"

马哈从厕所出来时,看到一个十五六岁的男孩儿正拿着一把尖刀对着他,他吓了一跳。男孩儿愤怒地看着他说:"你要是敢把我娘带走,我就杀了你!"

马哈怔住了,他忘了柳梅还是个母亲,也忘了自己还是个父亲。他的儿子跟男孩儿差不多大,他要是走了,儿子就成了没爹的孩子;柳梅要是走了,他面前的男孩儿就成了没娘的人了。他知道没爹的滋味不好受,没娘的滋味可能更不好受。所以面对男孩儿的威胁,他妥协了,他投降了,他没跟柳梅打一声招呼就消失了。他知道柳梅肯定会生气伤心,但是,他没有别的选择。

马哈回到家时,菊英正坐在炕上大声地哭。看见他回来,她立刻止住哭声,对他又打又骂。

马哈没说话,也没还手。

菊英打累了,抱着他哭了。菊英说:"你再敢跑,我打断你的腿!"

马哈叹了口气，菊英就连撒娇都这么霸道。

柳梅在火车站等到天黑，也没等到马哈从厕所回来，听说后来是被追到火车站的孙二和她儿子接了回来。柳梅回来后再见到马哈时，眼里就有了恨，瞪他一眼，转身就走，再也不跟他说话。马哈不生气，心里很坦然。

马哈后来没再跟菊英吵过架，也不轻易跟别人发生争执。人们都觉得马哈像换了个人，说他是浪子回头，是幡然悔悟，是知错就改。马哈知道这些都不是，是因为他心里有了爱。

小瓦的秋天

李士民

沱河像一把镰刀一样拐了个弯儿,顺着这个弯儿往前走,就能找到那个叫赵洼的村子,而那个一边扒拉面条一边往院子外面赶的女人,就是小瓦。

小瓦个子不高,走路像兔子,没有声响,左转右拐,就进了庄稼地。就在进入庄稼地之前,小瓦刚好扒拉完面条,她轻轻往上一抛,那个碗就画出一道优美的弧线,旋转着落到了南瓜秧里。不大会儿,小瓦的左手里掂着一个老南瓜,右手拎着两个紫茄子,然后,哗哗地采了一把玉米叶,把老南瓜和紫茄子遮住,抱在怀里,像是抱着一双儿女。当然,小瓦忘不了收起那只碗,碗和玉米叶,是小瓦最好的掩饰。一般午饭的时候是没人的,就是碰到了人,小瓦也会大摇大摆。

晚饭时,村里就传来女人一波高于一波的叫骂声,女人骂道:"谁摘了俺家的茄子,就叫你手上长疮流脓。"女人还骂道:"谁吃了俺家的南瓜,就叫你中毒生病。"

女人的骂声,小瓦听得最真最切,小瓦左耳朵听进去了,右耳朵就冒出来。小瓦能猜想出那个女人把双手拢成喇叭状、一蹦一跳的样子来,小瓦一边啃着老南瓜,一边嘻嘻笑出声来。小瓦还把"长疮流脓"听成了"长肉流油",把"中毒生病"听成了"中奖生财"。

秋天的小瓦，是最勤快的小瓦。秋天的小瓦，是最欢快的小瓦。

小瓦下田的时候，或者挥舞着一个蛇皮袋，或者挎着一个柳条筐。小瓦的蛇皮袋和柳条筐，就像魔术师的道具，能变出万紫千红来。袋子口露出来的是秸秆，里面包裹的却是胖花生；柳条筐上面盖的是青草，下面却是肥萝卜。有时候，小瓦还会把红薯塞进怀里，把玉米棒子掖在裤裆里。

那一回，小瓦在大生家玉米地里摘绿豆，正好被看绿豆的大生逮着了。

大生就生气了："那是谁呀！那是谁在干啥呀！"

小瓦忽地就蹲下去，说："大生叔您可别来呀，俺是小瓦，俺在这里解手呢。"

大生一听，再也不敢吭气了，赶紧扭过头，噌噌地顺着田垄往回跑。

这一回，小瓦在田嫂家芝麻田里割芝麻，恰巧被看芝麻的田嫂碰上了。

田嫂就发火了："那是谁呀！那是谁在干啥呀！"

小瓦一愣，赶紧就迎了上来说："俺是小瓦，俺在自家田里割芝麻呢，田嫂你吃错药了吧？走错地方了吧？"

田嫂一听，脸顿时红了，小声嘟囔说："俺吃错药了，俺走错地方了。"

等田嫂退回到地头，发现不对劲儿，这不就是自家的芝麻地吗？田嫂再去田里追，哪里还有小瓦的影子！

小瓦的秋天，就是这样丰富多彩，就像高粱一样红彤彤的，玉米一样黄灿灿的。

谁也没想到，小瓦却在这个秋天里病了，病得还不轻。

那天，小瓦把镰刀磨得光光的，准备去村西自家地里收大豆，可是小瓦到了村西的大豆田里就傻了，那一大片豆子，咋就没有了呢？

那是一片多好的大豆啊！小瓦除草施肥捉虫子，整天泡在那片田里；大豆也争气，从小到大都生得富态，那饱满的豆荚里长的分明是一颗颗小金豆。小瓦盼的就是这一天，小瓦等的就是这一天。小瓦盘算着，这些大豆，一定能卖得上好价钱；这些大豆，还可以做明年的种子。还有，冬天的早上，

小瓦要用大豆磨豆浆;过年的时候,小瓦要用大豆生豆芽……

小瓦却生病了,出汗,头疼,发热,上火。小瓦真的不能动弹了,就躺到了床上。

村里的人,都忙着收秋呢。红薯,花生,大豆,玉米,万紫千红。

晚上,村里就传来几个女人一波又一波的叫骂声,此起彼伏。女人们骂道:"谁偷了小瓦家的大豆,就叫你手上长疮流脓。"女人们还骂道:"谁吃了小瓦家的大豆,就叫你中毒生病。"

女人的骂声,小瓦听得最真最切,小瓦左耳朵听进去了,右耳朵却没有冒出来。小瓦听出来了,叫骂的人有双喜媳妇,有田嫂,还有大生婶……小瓦能猜想出女人们把双手拢成喇叭状、一蹦一跳的样子来。小瓦还把"长疮流脓"听成了"长肉流油",把"中毒生病"听成了"中奖生财"。

第二天一早,小瓦起床来,看到门口摆着一溜小袋子。每个袋子里,都是黄灿灿的大豆。小瓦数了数,总共二十一袋,小瓦想起来了,村里连自家算上,总共二十二户人家。

小瓦觉得自己的病好了。

父亲是秋天的镰

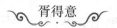

胥得意

秋生是半夜下的车。下车后,他径自打了一辆三轮车往家回。

家乡的路还是没人修,坐在车厢里,行走在黑黢黢的夜里,如同坐着汽艇在风尖浪谷里颠,弄得秋生有些不知东南西北。

秋生不敢再坐在车座上,半蹲着,努力地用眼睛辨认着车外的路。原本三五里的路,颠起来让秋生觉得太遥远了。

秋生在心里开始犯愁,这样的路可怎么往回拉庄稼呀。

秋生离开家转眼已是十年了。这十年当中看望父母虽说回来过几次,可没有一次赶上收秋。这回,他是把假期左赶右赶,才赶上秋收的。父母的年纪实在是大了,不帮他们把庄稼收回来,秋生夜里做梦都不踏实。

回来之前,秋生特地买了几副手套。他知道收秋对手的损伤是很大的。父母在地里干活,从来都不戴手套,他们说戴了那东西干起活来碍事。

秋生知道他们其实是心疼买手套的钱。父亲曾和别人说过,真的要干起活,两天就要坏掉一副手套,而一副手套要花一元钱呢。

秋生听父亲和人家说这话时,心里有些堵得慌,像是压了一块石头。

这次回来,秋生事先没敢告诉父母。他们要是知道了,定不肯让他回来的。父母说,在城里谋个事不容易,不能说请假就请假。对待工作要像对待土地一样，只有你肯出力，才有收成呢。

三轮车停在了离秋生家不远的路上。剩下的那几十米路除了家里的驴车以外，什么机动车也上不去的。

秋生敲家里的大门。仅是两声，屋里的灯就睁开了眼，从木窗格里散出几缕暗黄的光。

母亲的身影映在窗格上。苍老的声音从屋里传出来："谁呀？"

"我。"秋生答。

秋生的话音刚落，就见门灯、院灯唰一下全亮了。父亲披着衣跋着鞋从屋里急着步子奔过来，一边奔还一边埋怨："回来咋不告诉一声呢，我好赶驴车接你去。"

秋生躺在自家的大炕上，听着父母兴奋地讲着年头。秋生知道，今年收秋指定是要很忙的了。直到秋生要迷迷糊糊睡了，他还听见父亲在说，今年可是谷雨就下雨了。

鸡叫了。叫得很悠扬，也让秋生很烦。坐了半宿的车乏得很，又刚是睡上三两个点儿，正困着呢。秋生在肚子里骂了公鸡一声。

鸡叫过一遍不叫了。秋生还在梦中就听到院子里嚓嚓的声音。

秋生闭着眼，在半醒中叫："妈——妈——"

没人应。秋生又叫："爸——爸——"

还是没人应。秋生一骨碌爬起来，透过窗看见父亲正在石头上磨着镰刀。

秋生急忙穿好母亲夜里给他备好的旧衣裳，脸也没洗跑到了院子中。

母亲已经套好了驴车。大门也敞开了。

公鸡再一次叫了起来。把整个村子里的公鸡都引得兴奋不已。

秋生坐上驴车时还有些没睡醒，车慢慢地一颠儿，他又要睡着了。眼睛半睁半闭中，他看见父亲手中的鞭子像是蛇一样垂在毛驴的头颅上方。

父亲不停地夸赞着见到的每一片庄稼。

父亲没有吆喝一声毛驴,毛驴已经把父亲和秋生拉到了一片地里。秋生从车上跳下的一瞬间,竟想起了一位诗人朋友写在书扉页上的话:风吹哪页读哪页。

父亲是不是"驴拉到哪儿收到哪儿"呢?

太阳露出了头,母亲挎着篮子送饭来了。

秋生吃饭时手疼得抓不住筷子。

母亲问:"疼吗?"

秋生不吱声,低头吃。

"干习惯就好了。"父亲替他答。

秋生想想也是,干习惯就好了。秋生想这些话时,手上已经磨出了三个血泡,其中一个已经破了。

吃过饭,再接着收。父亲在吃饭时已不止一次地说"三秋不如一春忙"了。

再劳动时,家族里一个在生产队当过队长的爷爷从地头走过,看见秋生在地里忙活,对他父亲喊:"你们家秋生真是个热爱劳动的好孩子呀。"

秋生装作没听见,继续割着谷子。那个时候他的腰疼得已直不起来了。

秋生的兜里装着一副崭新的手套,他没戴。只是不停地掏出来擦手上被刀把磨出的血。

秋生在喘气的空儿偷偷地看父亲。父亲弓在谷地里的身子像一把弯弯的镰刀。

毛驴打了一个响鼻,一下子把太阳喷到了秋生和父亲头顶。

牧　羊

曹隆鑫

　　我躺在山坡上，嘴里衔一根茅草，仰脸望着蓝蓝的天，慢慢地就进入了梦乡。

　　梦里我还在数我的羊，数来数去，就是少一只。

　　我慌乱起来，一下子睁开眼睛，突然看见天空中掠过一两只白白的羊的身影，莫不是我的羊跑到天上去了？

　　我仰脸咩咩地唤，羊儿们"哗"地围过来，朝我咩咩地叫。

　　我赶紧低头数，数来数去，竟是多了一只，我高兴地笑了。

　　很多年以前，爱云山上尽是放羊的人。只有小雪不曾打过我，也不曾骂过我，我喜欢和小雪在一起放羊。

　　后来，那些打过我骂过我的人一个一个地不见了，爱云山成了我和小雪的天下。照理我应该开心才对，可是我怎么也开心不起来。

　　我担心地问小雪："小雪，你有一天会不会也不来爱云山放羊了？"

　　小雪看着自己的右腿，小雪的右腿比左腿短那么一截，走起路来一瘸一瘸的。

　　小雪说："我和你一样，城里哪会要我们？都是放羊的命！"

　　我还没开心几天，小雪突然不见了。爱云山上只有我家的羊，羊们咩咩

地叫，一定是在叫小雪家的羊，叫得我心里像千万只蚂蚁在挠。

我对老爸说："我不放羊了，我也要进城！"

老爸说："你进城去干什么？"

我说："打工！"

老爸嘿嘿地笑了，说："你小子还会打工啊！"

"打工"是我从小雪那里听来的一个新名词。

小雪说："她们都去城里打工了！"

小雪说这话的时候，一脸的得意。

我问小雪："难道打工比放羊还要好玩？"

小雪点着我的脑壳，说："谁乐意在山里放一辈子羊啊！"

我倒是很乐意在爱云山上放一辈子羊。可是小雪一走，我心里的高兴劲儿就像被刀子剜去了一块。

我对老爸说："小雪都进城打工了，我也要进城打工！"

老爸说："你连羊也放不好，你还能打工？"

老爸常说我放的羊一天比一天少。

我知道我家的羊有时候会偷偷地跑到小雪家的羊群里去，反正第二天又在一起，我睁一只眼闭一只眼从不曾去喊它们回来过。如果我也是一只羊，我也会偷偷地跑到小雪家的羊群里去。

有一天，我就跟着小雪家的羊往小雪家走。

小雪说："你去哪里？"

我毫不犹豫地说："我去你家！"

我指指身边的羊，说："我们都去你家！"

小雪一年才回来一趟，回来也不跟我说话，像忘了我似的。

我上前去喊小雪："小雪，你能带我去城里吗？"

小雪笑了："怎么你也想要去城里啊？你去城里干什么呢？"

我说："你干什么我就干什么！"

小雪笑得更大声,说:"你只会放羊呢!"

我说:"城里有羊吗?我会把羊放得很肥很肥的,我保证不会放丢一只羊!"

小雪哧哧地笑着说:"城里倒是有很多羊呢,你要是不怕,你只管去城里放羊好了!"

小雪都不怕,我怕什么!可我老爸不让我去,说:"你连几只羊都数不清,怎么能去城里?"

我把羊数过来数过去,不是多就是少。我在梦里也数羊,数来数去常把自己急出一身汗。

羊们突然咩咩地大叫,我从羊腿缝里看见有六条人腿向我这边移来,我赶紧吐掉了嘴里的茅草又仔细地数了一遍,确定是六条人腿,我当时很是吃惊,立即爬起来,害怕地要往哪里躲。

他们中间有一个人大声跟我说话:"你在这里放羊啊!"

看他们的样子,不像是要打我骂我。

我壮着胆问:"你们的羊呢?"

他们相视一笑,我听见有一个人在轻轻地说:"真想在这里放一天的羊!"

很快又有一个人大声说:"魏总,我们在这儿辟一块牧区,到时我们可以天天在这里放羊!"

他们走进我的羊群,用手摸着我的羊,我的羊任由他们的手摸着,我的羊很受用地咩咩地叫。

我放下心来,我问他们打哪儿来。

他们说:"我们是从城里来的。"

我听他们说是从城里来的,立即想起了小雪,我高兴地说:"城里有很多的羊是吗?"

他们摇摇头,说:"城里没有羊。"

我说:"城里怎么会没有羊呢?城里没有羊,那么多人都去城里干什么?"

他们一愣。

我得意地笑了。

小雪明明告诉过我城里有很多的羊,他们一定是怕我也去城里放羊会抢走他们的地盘呢!

我很不高兴,驱赶着我的羊不让他们摸,我说:"你们骗人!"

我昨天照镜子的时候,突然发现自己已经不傻了。

我曾请教过老爸:"我什么时候才能数得清羊呢?"

老爸说:"你不再傻了你就能数得清羊了。"

我照着镜子,脸上那么小的几颗痘痘我数了好几遍都是同一个数,我是不是已经不傻了?难怪那几个城里人骗我都能被我识破。

我高兴地想,明天我就进城去找小雪,我倒要看看城里的草长得有没有我们爱云山上的草好。

我要跟小雪说,我们爱云山来了三个城里人,他们一个劲儿地夸我们爱云山,爱云山现在到处是鲜嫩嫩的草,躺在草地上就像躺在绒毯上一样舒服。

我老爸说:"爱云山要吃香啦!"

吃香这两个字我懂,精明的城里人一眼就看中了爱云山上的草,一定会很快就把城里的羊赶到爱云山上来放。

我要对小雪说:"快回家吧,家里的草好着呢!"

种心情

盐 夫

五月底,六月初,里下河地区麦儿黄灿灿一片。搓一搓麦穗尖,随风一吹一扬,皮儿柳絮般地从手指间飘去,麦身子圆圆滚滚,充实而饱满,渗出淡淡的麦香从鼻尖漫过。

"又是一个好收成,"男人对女人说,"该收割了。"

男人是个老男人。男人种了一辈子庄稼地,种田是行家里手。

年轻时男人很风光,上台发过言,乡长颁过奖,县长握过手。奖状贴在堂屋正中央好多年,前两年才被古董贩子收走。

那时农忙时节,男人记得全是指靠强劳力,磨刀、轧场、收割、挑把、打场、扬场、晒谷、上囤……全是力气活儿。运到粮站,把粮款存到农村信用社,存折沉甸甸放在女人掌心里,合上掌,男人这才能安心睡上两天好觉。

往往这时节,苏东地区的雨季就来了,淅淅沥沥,男人睡得更香更踏实,他们有理由,把粗粗的手掌搭到女人软软的胸上。哪怕平日最剽悍的女人也会变得像猫一样,柔情,婀娜,手不推,臂不挡,拿手盖在男人的手背上,任由男人的手指,跟随丰收喜悦的好心情游走。

这是个最容易让女人有身孕的季节。

来年开春后,庄上新生娃娃哭声一片,叫大忙、二忙重名的很多。

娃娃哭凶了，男人就半夜起床，把纸符贴到大树或者村小的围墙上："天皇皇，地娘娘，吾家有个夜哭郎，过路君子念一遍，一觉睡到天大亮。"

再到收获季节，女人后背上就会驮个娃儿，男人稀罕女人得很，让女人歇着。

女人不吭声，默默把娃儿放到田垄上，由三两条狗儿守望着。

娃儿哭时，狗儿们会冲女人吠叫，女人抱起娃娃撩衣喂奶，裸露出大半个胸。哺乳期的乳房，像雨季池塘一样充盈丰满，男人的目光自然会在白晃晃的地方不安分地游荡，狗儿们有时也会学一回男人眼馋的样子。

女人不恼男人，只恼狗，她们明知狗不会说出去，但仍瞪着狗背过身子。

一年一年，儿子就这样拉扯大了。

从前做农活儿，没有好腰板往往扛不下来。女人的脸，男人的腰。

男人的腰板最金贵，家里男人有个好腰板，庄稼人苦日子才有盼头儿。

女人唯恐男人闪坏腰，总要给男人做个好的护腰布，针线密密匝匝，布料柔柔软软，满满的都是真情。

男人束绑在腰板上，暖暖的，干起农事、家事、房事，啥事都上劲得力。

女人喜欢得不得了，恨不能咬上男人几小口。

女人做姑娘时，送男人的定情物就是这样的护腰布，红红的，绣有荷花鸳鸯。

再好的护腰布，总也拦不住岁月的杀猪刀。如今，男人的腰板已大不如从前，佝偻着，有些轻活儿能做，有些年轻时做梦也想做的事都做不了，刮风下雨，腰板又酸又痛。

要是搁在几十年前，是只值半个工分的废人。

做女人就怕摊上这样的男人，不能做事，不能种田。

现在，男人还在种田，男人手上有二十多亩的庄稼地，麦子收了栽水稻，水稻收了播麦种。豆三麦六菜籽一宿，只需两场风、半场雨，地里就绿油油的一片，年年如此。

儿子是个老板,在苏州有房产,有生意。儿子不差男人种田赚那些票子,每次回来,与男人理论最多的就是种田的事。儿子忘不了童年与狗相处的岁月,种田辛苦,他劝男人把地撂了,男人总是摇摇头,男人有理由——机械化,现今种田没有从前吃劲了。

由南往北,追逐季节过来的联合收割机,不用招呼一声,后半夜就已经出现在田头上。

机械手们都很有经验,他们的到来总是踏准季节的步子。他们也很辛苦,和衣睡在田头,只等天亮"开镰"。

男人佩服村支书国颂的安排,时间一天不多,一天不少,恰好卡在麦子成熟的好日子。

去年,收割机还没开出地头,国颂就与机械手们签好了来年的收割合同。开镰时,男人站在地里抽烟,看着联合收割机从麦地里缓缓驶过,前头麦秆吃进去,后头吐出来是黄灿灿的麦粒。

乡村的秸秆严禁焚烧,按照政府的要求,在机械肚子里就被切成干草碎片,均匀埋在走过的土壤里。

每年,男人花上个把小时,琢磨收割机的工作原理。年轻人解释好多次,他就是不明白,越听越糊涂。

太阳还没有走到头顶,收下的麦子就已送到门前水泥场地上。

只要摊开,晒上三两个大太阳,干干的,粮贩子就上门收粮来了,高兴就搭一把力,不高兴就让粮贩子自己去搬。

三五公里之外,贩子们把粮拉到串场河边,那边有县上下来的大型收粮船,贩子们能轻松摸个百把块手皮钱。

粮贩子很多,男人只等保生来。

保生这孩子苦,更重要的是这孩子人品好,做事实在,不短斤不少两,嘴巴儿也甜。

夏收就这样结束了。

　　多年了,有个习惯男人始终未改,粮款依旧要送到女人手里。扣除机械、化肥、种子、农药等成本,种田的收益不多。

　　男人不在乎这一茬庄稼收入有多少,但这个过程,男人与女人看得很重,这是自己种田的收获,够吃,够花,不需要用儿子的钱;过大年时,给孙辈们的红包也有了。

　　男人看着女人的脸,老了,真的老了,但眼神依旧像从前年轻时的样子,他依旧喜欢看到女人享受丰收喜悦的笑容,依旧喜欢看到女人对他满是赞许的眼神。或许在女人眼里,一个七十岁的老男人依旧年轻。

　　儿子不知道。女人知道。

　　男人种的是好心情。

失落的风筝

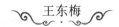

王东梅

老田头最喜欢去村西的小树林放风筝,儿子问树趟子里咋放风筝,老田没搭理他,抓起风筝,倒背着手,走了。

小树林那一片,早先是各家的鸡刨地,村里人嫌这地块零散,种庄稼麻烦,就在地里栽了一排排的白杨树。说起来,小树林倒是个乘凉的好地方。夏天,树叶长起来遮天蔽日,在树下一坐,头顶晒不着,脚下凉风走,别提多惬意了。可是,老田不光夏天来,秋天也来,一年四季,除去刮风下雨,几乎天天都要来。

来的次数多了,树趟子里就被老田踩出一条光溜的小路。小路弯弯曲曲,通向林子深处。那儿有老田用石头摆出来的石桌和石凳。

每回老田来小树林,都是先把风筝拴在树上,再摸个石凳坐下,抻着脖子向树林对面的庄稼地里望。

对面的庄稼地像一道连绵起伏的山岭。一会儿,麦苗顶着露水才拱出头;一会儿,已是麦浪翻卷此起彼伏;一会儿,又是玉米秆子摩肩接踵;一会儿,一场大雪已经掩埋了田野里的沟沟壑壑。老田坐在小树林里看对面的庄稼地,高了又矮了,矮了又高了。看地里那几个土丘升起,又落下。

有时候,老李头和老孙头也会来。

老李问："在老二家还是老三家？"

老田有时回答老二家，有时回答老三家。

老李又问："没去老大那儿？"

老田就说："大孙子要高考了，儿媳妇说，家里人多了，吵。"

坐在一边的老孙就抢过话头，说了一句："屁！城里人就是事儿多。"

俩人都不理会老孙，继续聊。

老李问："闺女呢？好些日子没见了。"

老田说："脚崴了出不来。"

老李问："你咋不过去住几天？"

老田说："孩子病着，不想她劳心。"

老李"哦"一声，仁人就都没了话。忽然，脚下的风紧了一阵。原本拴在树上的屁帘风筝在地上咕噜噜地打起了滚。风再紧些，一仰头，纸风筝贴着地皮就蹿了起来。可只蹿了一人多高，就被树上系着的绳子拽了回来，啪唧一下掉在地上；屁股后面的长尾巴不甘心，拼命扑腾了两下，也没动静了。

仁老头看着风筝自个儿折腾，仍旧谁也不说话。

对面地里的庄稼已经收得差不多了，光秃秃的大田里，只剩下那几个高高低低的土丘。

老田就在心里想，现在的孩子真是懒哪。什么省心种什么，一年到头地里除了麦子就是玉米，要不干脆就荒着。哪像他年轻那会儿，地里什么都有，芝麻、棉花、谷子、大豆、油葵、花生。那会儿，他老田领着老婆孩子整天在地里忙活。那会儿，孩子们都听他老田的吆喝。可现在，儿子说，没本事的人才在土里刨食。

眼见着日头向西打歪了，老孙说："走了，接孙子。"

说着，推起三轮车，一瘸一拐地走了。

看着老孙走远了，老李说："你算熬出来了，孙子们都大了。"

说完，抬头却见老田满脸苦笑。

老李自觉失言："接孩子好歹是个活儿,是个奔头。"

两人又沉默了一会儿。

秋深了,老田觉着屁股底下的石凳一天比一天凉了。

老李说:"天快冷了!"

老田就"嗯"了一声。

老李又说:"天冷了,就别来了。"

老田就又笑了,苦笑:"不来,去哪儿? 孩子们都一家一屋过得好好的,去了谁家都多余。"

老李就也"嗯"了一声。

日头沉到树后头去了,老李抬起身,说:"走了,该给老婆子翻翻身了。"

说着,反剪着手出了林子。

老田在后头问了一句:"不见好吗?"

老李没回头,丢下一句:"熬日子的人了,好啥好?"

远远地,老田发现老李的腰更弯了。

林子里越来越暗了,风在脚下簌簌得更密了,屁帘风筝迎着风,在地上滚来滚去。老田捡起地上的风筝,看一眼天边正落下的日头,对着路边的一个土丘说:"孩儿他娘,明儿再来陪你。"

身后,屁帘风筝的长尾巴拍打着老田的屁股咕噜噜地响个不停。

出了树林,向北,围了一圈子的人。老田好奇地凑了过去,原来是大队部以前堆杂物的仓房不知道啥时候被粉刷一新,还在门口戳了一块牌牌,写着"老年活动中心"。这是个啥事由? 老田把风筝挂在窗子上,一头就扎了进去。

园区行动

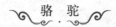

骆 驼

"就是油坛子倒了,你也必须先回老家来一趟!"

给我打电话的,是我的同学,他在我老家所在的镇上任镇长。

接到他的电话时,我正在四川凉山州的一个农户家采访。我们报社在脱贫攻坚中,负责联系这边的一个县。

按照惯例,与现在在镇场上居住的父亲打过招呼后,当然还是先去乡下看现场。同学说:"知道你是'铁脑壳',不会对自己的故乡有所倾斜,我们也不指望你,但这次,你必须听我们指挥。"

我以点头微笑作答。

同学说:"你远在他乡,一年回来不了几次。这次,我只是带你去看你老家所在的九龙村。"

我哈哈大笑,说:"九龙村还用你这个外乡人介绍?那里的一草一木,我比你熟悉!我小时候都是在那里度过的。"

同学笑了笑,带我驱车前行。我知道,九龙村在三年前就有了通村里的柏油路,出行难的问题早已解决。

同学说:"我们先去看看猕猴桃产业园。"

产业园区我并不陌生,在脱贫攻坚的大潮中,各种产业园区如雨后春